Joseph Alexander Seebaum

Durcheinander

Ausgewählte Humoresken und Satyren

Joseph Alexander Seebaum

Durcheinander

Ausgewählte Humoresken und Satyren

ISBN/EAN: 9783743361003

Hergestellt in Europa, USA, Kanada, Australien, Japan

Cover: Foto ©Andreas Hilbeck / pixelio.de

Manufactured and distributed by brebook publishing software (www.brebook.com)

Joseph Alexander Seebaum

Durcheinander

Durcheinander.

Auserwählte Humoresken und Satyren

—von—

Jos. Alex. Seebaum

(LAKETREE.)

Preis 50 Cents.

Chicago, Illinois.
Druck von Edw. Beeh, Jr., 59 Clybourn Avenue.
1891.

Adolph Schoeninger

gewidmet

vom

Verfasser

An meine Leser!

Aus der Stadt der Massengrunzer,
Aus der Stadt der Kunstverhunzer,
Vielen Mießnick=Journalisten,
Die ihr Dasein kriechend fristen;
Aus der Stadt der Courthouse=Prellung,
Schauderöser Nachterhellung,
Zweifelhafter Weltausstellung,
Aus der Stadt der „Streetcar"=Schande
Einer eklen Muckerbande,
Aus der Stadt der Monopole,
Die der Teufel endlich hole;
Aus der Stadt der „Clanagaeler",
Toller, wüster Most=Krakehler,
Des Justiz=Mords grauser Stätte,
Wo geschmiedet Neebe's Kette;
Aus der Stadt der schmutz'gen Gassen,
Welche nach Halb=Asien passen,
Aus der Stadt, wo blaue, rothe,
Grüne Turner zu Gebote, —
Aus der Stadt steigt Euch empor
Dieses Bändchen mit Humor.
Allen, vom Atlant'schen Meere
Bis Pacific, ich's bescheere,
Die da "sense" für and're Gaben
Als für Cents allein noch haben.
Möge es in manchen Stunden
S o l ch e n Lesern trefflich munden.

Der Lump.

Deutsch=amerikanische Ballade

Ein geist'ger, armer Ritter
  Im alten Vaterland
Erreichte dieses Landes
Verlockend freien Strand.
Er wollt' nicht Kellner werden,
Nicht dienen jedem Narr,
Sein Stolz sträubt' sich dagegen;
Ein Mann blieb fest und starr -
  Der Lump!

Er wurde Kohlenschaufler,
Er packte Waaren ein,
Er führt' die ersten Jahre
Ein jämmerliches Sein;
Der deutsche geist'ge Ritter,
Einst Held der Burschenschaft,
Mit irländischen Strolchen
Verkauft er Körperkraft —
  Der Lump!

Was wollt' er hier? Lateinisch
Und Griechisch' konnt' der Wicht,
Auch kannt' er Kant und Fichte,
Doch Englisch konnt' er nicht.
Er lernt es mühsam Abends,
Wie auch der Körper müd',
Wenn's ihn auch oft zum Wirthshaus,
Zu Gleichgesinnten zieht —
  Der Lump!

Da endlich, nach zwei Jahren,
Verstand er Englisch und
Er wollt' nicht mehr die Hände
Sich abarbeiten wund.
Er ging zum Zeitungsfürsten,
Erzählte, wer er sei,
Nach wen'gen Wochen kannt' er
Die ganze Polizei —
  Der Lump!

Die akadem'sche Bildung,
Zu Statten sie ihm kam,
Und weder Grieb noch Brockhaus
Zu Hülfe je er nahm.
Diebstähle, Mordanfälle,
Faustkämpfe, Pferdesturz
In klassisch=edler Sprache
Beschrieb er schön und kurz —
   Der Lump!

So trieb er 's ganze Leben,
Er lernte Vieles hier,
Nur Eins blieb ihm stets ferne:
Die schmutz'ge Dollar=Gier,
Das ew'ge Gelderwerben,
Gleichviel, um welchen Preis,
Wenn man geschickt dem Zuchthaus
Nur zu entgehen weiß —
   Der Lump!

Auch sieht er geist'ge Drohnen
Durch Mittel, die gemein,
In wohlbezahlten Stellen
Mit heuchlerischem Schein.
Er konnte ja nicht kriechen,
Zum Werkzeug sinken — nie!
So blieb er all' sein Leben,
Trotz Wissen und Esprit —
   Ein Lump!

Ein Lump?! In wessen Augen?
In seinen? — wahrlich nicht!
In Augen jener Männer,
Die der Erfolg besticht.
Auch wenn mit Gleichgesinnten
Beim Schoppen oft erbost
Er flucht aus vollem Herzen,
So bleibt ihm stets ein Trost
   Als Lump:

Daß er Diejen'gen, welchen
Ein Lump er stets nur war,
Verachtet hat, verachten

Wird, und zwar immerdar!
Daß sie die wahren Lumpen —
Das hat er wohl gewußt,
Ekle Gesinnungs-Wichte!
D'rum bleibt er und mit Lust —
Ein Lump!

Variationen über Zeitwörter.

Ueb' immer Treu' und Redlichkeit, üb' Alles nach Plaisir;
In guten Thaten üb' Dich stets, d'rum üb' nicht lang Klavier!

Treibe Vieles, ja selbst Ochsen, Du erringst Fortuna's Gunst;
Treib' Dich 'rum in diesem Lande, besser ist's, als treibst Du Kunst!

Je reicher Mancher wird im Leben,
Stets wird sich mehr sein Geben — geben.

Gefallen magst Du, schönes Kind, gefallen magst Du Allen,
Vor Fallen aber hüte Dich, sonst bist Du bald gefallen.

Erheb' Dein Glas und leer' es oft! Du wirst im Himmel schweben!
Gehob'ne Stimmung — welch' Genuß! Doch hüt' Dich dann vor — Heben!

Stehlen kannst Du ungestraft, das sagt Jeder unverhohlen,
Wenn zu stehlen Du verstehst, das heißt: wenn Du stiehlst — verstohlen.

Bist Du bissig, sei recht klug, sonst will ich Dir, Freund, verheißen,
Daß, wenn Du Dir nichts verbeißt, hast Du schließlich nichts zu beißen.

Rath' Dir selbst! Das rath' ich Dir, dann werden Deine Thaten,
Folgst Du And'rer Rathe nicht, wohl selten ungerathen.

Ringen muß man stets im Leben, doch soll man vor allen Dingen,
Ist man „City-, County-Vater", einen Platz im „Ring" erringen.

Schieße Enten, Hühner, Gänse, sie sind da zu diesem Zwecke;
Schieße ab die größten Vögel, aber niemals schieße Böcke!

Spiele „Scat", selbst kleinen „Poker", spiele „Solo", „Sechsundsechzig",
Aber spiel' nie an der Börse, bist Du „grün" — das Spielen rächt sich!

Adalbert von Chamisso.
(Eine humoristische Schul-Erinnerung.)

Ich bin Tertianer geworden. Das war mehr als eine Versetzung, das war ein wichtiger Abschnitt meines Lebens. Denn der Lehrer mußte zu mir „S i e" sagen. In Quarta sagte Professor Dr. Marbach, Lehrer der Geometrie (meine schwache Seite), zu mir: „S., D u bist ein Esel!" In Tertia sagte er: „S., S i e sind ein Esel!" Welche Genugthuung! Also ich war Tertianer an der Realschule „zum heiligen Geist" in der schönen Oder-Stadt Breslau. Meine Zeugnisse waren immer recht gut — bis auf drei Gegenstände: Mathematik, Zeichnen und Betragen. Meine mathematischen Kenntnisse litten stets an Mangel an Beweisen, meine Zeichnungen waren für Jeden wirkliche Ueberraschungen, denn Jeder war überrascht, wenn ich ihm erklärte, was sie darstellen sollten, — es selbst auszufinden vermochte Niemand — und mein Betragen war stets beträchtlich schlecht. Faule Witze waren immer mein Faible; damals mußten das meine Herren Lehrer oft empfinden.

Es war während der französischen Stunde. — Meine semito-flavische Abstammung stempelte mich zum besten Schüler der französischen Sprache, und unser Lehrer sagte stets: "Messieurs, meine Erren, imitez, s'il vous plait, ahmen Sie nack la prononciation, die Aussprache, von die Zébaume, elle est très bonne, ist sehr gut, schade nur, c'est dommage, daß es ist un tel vaurien, ein solches Nicksnütz." — Also es war während der französischen Stunde. Der Lehrer, Monsieur Auguste Meunier, erklärte uns eben die herrlichen Unregelmäßigkeiten des Zeitworts aller. Monsieur Auguste Meunier, den wir in getreuer deutscher Uebertragung gewöhnlich „Oojust Müller" nannten, war ein Franzose echten Schlages, stets höflich und deshalb auch der Lieblingsgegenstand der mehr oder weniger phantasiereichen Neckereien seiner Schüler. Und daß die Phantasie eines Schülers in dieser Hinsicht manchmal ganz sonderbare Schöpfungen erzeugt, wird wohl jedem Lehrer, der selbst einst Schüler war, bekannt sein. Was nun mich speziell anbetrifft, so war meine Richtung in dieser Beziehung entschieden musikalisch, und mir hatte schon die Quarta eine ihrer wundervollsten Neuerungen zu verdanken. Diese Neuerung bestand nämlich in einem kleinen Orchester, welches unter meiner Leitung ausgebildet worden war. Dieses Orchester war aus zwölf Mitschülern zusammengesetzt und besaß nur Mund-Instrumente im wahrsten Sinne des Wortes, denn das Instrument eines Jeden war sein Mund selbst. Ich hatte nämlich in meiner Jugend eine künstlerische Spezialität: die Virtuosität in Nachahmung thierischer Stimmen. Ich übte diese Kunst stets solo, bis ich eines Tages auf den herrlichen Gedanken verfiel, meine Kunst auch meinen Mitschülern beizubringen — zum Selbstamüsement, zur Belehrung und vor allen Dingen als neue pikante Unterhaltung für Monsieur Auguste Meunier. Die Eintheilung des kleinen Orchesters konnte eine künstlerisch vollendete genannt werden. Meine Streichkräfte bestanden aus zwei ersten und zwei zweiten Violinen (Thiergattung: Katzen), einer Viola und einem Cello (Kälber), und einem Contrabaß (Grunzer); meine Holz- und Blech-Instrumente aus einer Flöte (Kanarienvogel), einer Clarinette (Frosch), einem Cornett (Schaf), einer Posaune (Kuh) und einem Waldhorn (Ente). Heute sollte die erste Aufführung in der oben erwähnten französischen Stunde stattfinden.

Wie schon bemerkt, tappten wir mit Monsieur Auguste Meunier durch die Unregelmäßigkeiten des Zeitwortes aller. Rechts und links neben mir saßen zwei Brüder, welche den Spottnamen „die beiden Ajare" führten und diesen Namen einerseits ihrer frappanten Aehnlichkeit, andererseits ihrer kolossalen Dummheit zu verdanken hatten. In jener Zeit nämlich grassirte die Offenbach'sche „Schöne Helena" in Breslau, welches Werk ja bekanntlich jene zwei Griechen so wunderbar verherrlicht. Die beiden Ajare hießen: Ottokar und Hannibal Piesecke. Scheußlich schön! Ungefähr so harmonisch und passend wie z. B. Abraham Müller oder Christian Levy. Monsieur Auguste Meunier quälte sich also mit den schauderhaft unregelmäßigen Formen des Wortes aller ab und ließ verschiedene Schüler conjugiren.

„Monsieur Annibal Piesecke, — conjugiren Sie, s'il vous plait, le temps futur, die zukünftige Zeit von die verbe: aller."

Kollege Hannibal Piesecke erhob sich und conjugirte mit der dümmsten Miene von der Welt: "J'allerais, tu alleras, il allera, nous . . ." Ein homerisches Gelächter verhinderte die Fortsetzung dieser einzig dastehenden Conjugation.

Monsieur Auguste Meunier war indignirt.

"Messieurs, meine Erren", rief er, "il ne faut pas rire, man muß nicks lacken. Wenn bie Annibal Piesecke ist so bête, dumm, kann er nicks macken, c'est pas sa faute, Zébaume, conjugiren Sie dem Annibal Piesecke le futur du verbe aller." Ich stand auf und conjugirte: J'irai, tu iras, il ira, u. s. w. „Monsieur Ottokar Piesecke, ayez la bonte, aben Sie die Güte und dites moi, was das heißt in die deutsche Sprack." Kollege Ottokar erhob sich aber nicht, denn er war längst eingeschlafen. Ich versetzte ihm einen Rippenstoß, der ihn zur Besinnung brachte, und als der Lehrer seinen Namen nochmals rief, schnellte er empor. Monsieur Menieur wiederholte die Frage, Ottokar Piesecke aber stand mit offenem Munde da, ohne zu antworten, denn dem armen Jungen war die Bedeutung der Wörter: J'irais, tu iras u. s. w. gänzlich fremd. Da plagte mich der Teufel und ich raunte ihm etwas in's Ohr. Glückselig conjugirte er: „Ich irre, du irrst, er irrt, wir...." Ein noch unbändigeres Gelächter erschallte. Doch diesmal wurde es auch Herrn Meunier zu viel und er rief ärgerlich: „Monsieur Ottokar Piesecke, vous êtes un imbécile, Sie seien eine Schafskopp, und Sie, meine Erren, ich verbitt mir das Lacken, c'est impoli, das ist unpolirt." Jetzt war der verhängnißvolle Augenblick gekommen. Das Concert sollte beginnen. Ich als Direktor gab das verabredete Zeichen, das Gelächter verstummte und mein in der Klasse zerstreutes Orchester miaute, blökte, grunzte und brüllte die von mir sorgfältig einstudirte Marseillaise.

"Sacré nom d'une pipe! (Das war des Monsieur Meunier Lieblingsfluch.) Scélérats que vou etes, ihr verdammten Schlingel!" rief er und sprang vom Katheder. "Ah, c'est vous! Vous etes le directeur de cette musique infernale, Sie seien die Direkteur von die Concert, ick abe Sie Takt schlagen sehen. Allons, marsch, aus die Klasse, à l'instant! Ou j'appelle Monsieur le Directeur, oder ick rufe den Errn Direktor." Das könnte allerdings schlimm werden, dachte ich und eilte auf den Korridor. Eben wollte ich die Treppe hinunterspringen, da öffnete sich die Thür der Secunda und der Herr Rector Kämp trat heraus.

„Aha, hast Du wieder etwas verbrochen, Warschauer Schäfchen; was hatte der Lärm zu bedeuten?" fragte er. Der Herr Rector machte, was die Anrede anbelangte, eine Ausnahme, denn er dutzte alle Schüler selbst während des Abiturienten=Examens „Ich habe Dir oft gesagt: ‚Hüte Dich! Deine polnischen Streiche können Dir 'mal theuer zu stehen kommen!' Also was war's? Heraus damit!" Sollte ich die Existenz meines Orchesters eingestehen? Nimmermehr! Doch, was sagen? Da schoß mir ein Gedanke durch den Kopf, der auch blitzschnell meine vollkommene Zustimmung erhielt. Das sollte noch einen Heidenspaß geben.

„Herr Rector", erwiderte ich mit kläglicher Stimme, „diesmal bin ich unschuldig. Ich habe zwar dem Herrn Professor Meunier widersprochen, aber jeder Andere hätte das an meiner Stelle auch gethan. Herr Professor Meunier sagte nämlich, Chamisso sei ein französischer Dichter gewesen, und da erhob ich mich und sagte: ‚Chamisso war ein deutscher Dichter', und da wurde der Herr Professor Meunier böse und warf mich hinaus."

Meine Phantasie hatte da eine wirksame Erdichtung hervorgezaubert. Das war die Stelle, wo Rector Kämp sterblich war, und zwar aus vier Ursachen. Erstens war er ein glühender deutscher Patriot, zweitens haßte er die Franzosen im Allgemeinen, drittens Monsieur le Professeur Auguste Meunier ganz speziell und viertens war er unser Lehrer der deutschen Litteratur.

„Was?" rief er. „Das wagte der Herr zu behaupten? Komm' 'mal mit!"

Die Thür der Tertia flog auf. Herr Rector Kämp stürzte, mich an der Hand haltend, in den Saal und rief mit Stentorstimme: „Herr Professor Meunier, ich muß mich sehr wundern, der junge Mann hatte ganz Recht! Chamisso war ein deutscher Dichter, und sogar ein ganz bedeutender, merken Sie sich das!" Bei diesen Worten ließ er meine Hand los und stürmte wieder hinaus.

Wenn je ein Mensch ein dummes Gesicht machte, so war es Herr Auguste Meunier. Er war so starr, daß er kein Wort hervorzubringen vermochte, jedoch, selbstverständlich einen Streich von mir ahnend, warf er mich unter dem Gejohle meiner Mitschüler wieder zur Thüre hinaus. Rector Kämp durchmaß noch aufgeregt den Korridor.

„Nun, was giebt's denn wieder?" fuhr er mich an.

„Ach, Herr Rector, kaum hatten Sie das Zimmer verlassen, da rief Herr Professor Meunier: „Und ich behaupte doch, Chamisso war ein französischer Dichter!" winselte ich mit weinerlicher Stimme.

„Na, da soll doch der Teufel d'rein schlagen!" schrie Rector Kämp nun wüthend, riß die Thür der Tertia wieder auf, schritt rasch, mich nachzerrend, bis an das Katheder und rief mit dröhnender Stimme:

„Herr Professor Meunier, ich muß entschieden der Verbreitung solcher Fehler entgegentreten. Sie sollten doch besser unterrichtet sein. Ich bitte, das künftig zu unterlassen. Adalbert von Chamisso hat zwar am 27. Januar 1781 zu Boncourt in der Champagne das Licht der Welt erblickt, war demnach von Geburt ein Franzose, aber er verbrachte fast sein ganzes Leben in Deutschland, betrachtete die deutsche Sprache als seine zweite Muttersprache, nahm deutsche Sitten und deutsche Gesinnung an, und vor allen Dingen war Adalbert von Chamisso ein deutscher, kein französischer Dichter, denn seine Werke sind echt deutsch und bilden eine der größten Zierden der deutschen Litteratur!"

„Aber — permettez, erlauben Sie, Monsieur le Directeur . . . ." stotterte Meunier endlich.

„Ach was, Herr Kollege, ich erlaube gar nichts! Ich erlaube Ihnen vor allen Dingen nicht, sich in Sachen zu mischen, die Sie nichts angehen. Chamisso hat mit Ihrer französischen Litteratur nichts zu schaffen, sondern gehört in mein Gebiet und . . . ."

Nun wurde aber Meunier auch wüthend.

"Monsieur le Directeur", rief er, „wenn Sie mir ätten sprechen lassen un mot, eine Wort, ätten Sie erfahren depuis long temps, daß wir werden düpirt, tous les deux, von diesem infamen gamin, der sich erlaubt seine Spaß mit seinem directeur und mit seinem professeur du français. Ist von Chamisso pas du tout keine parole gefallen. Er at etablirt eine musique, abeu les vauriens, die Nichtsnütze, chanté la Marseillaise pour se moquer de moi, um mich zu mockiren, aben gemackt wie les chats, die Katz', und wie les brebis, die Schaf'; da ab ick ihn genommen au collet, an die Kragen, und ab' ihn mis à la porte, geschmissen zu die Thür."

Eine ominöse Stille folgte diesen Worten. Ich stand da in banger Erwartung, denn ich wußte, daß der Spaß anfangen würde, Ernst zu werden. „Also so stehen die Sachen, mein Bürschchen", sprach der Rector endlich, „man treibt Allotria mit seinen Lehrern? Wäre man in Warschau in der Schule, nicht im civilisirten Breslau, dann regnete es für solche Späße wohlverdiente Schläge. Nun, wir strafen hier nicht körperlich, sondern geistig, jedoch vielleicht noch empfindlicher!" Und sich an einen anderen Mitschüler wendend, fuhr er fort: „Hole mir aus meiner Bibliothek Chamisso's Werke!"

Nach Verlauf von wenigen Augenblicken wurde das Verlangte gebracht. „Komm' in meine Nähe, Joseph Alexander, Du Ungerathenster aller im See wachsenden Bäume! Sage an, kennst Du die schöne Erzählung von Chamisso unter dem Titel ‚Peter Schlemihl'? Der Mann hat im Uebermuth seinen Schatten verkauft und mußte ohne Rasten elend durch's sonnige Dasein wandern. Und Du hast ohne Schatten von Ehrfurcht, die Deinen Lehrern gebührt, dieselben in Deinem Uebermuthe durch Deine Späße beleidigt. Damit Du diesen Schatten wiederfinden mögest, wirst Du die erbauliche Geschichte vom Peter Schlemihl im Carcer bei Wasser und Brod fein und säuberlich, da Du ja der beste französische Schüler bist, in's Französische übersetzen und Herrn Professor Meunier zum Andenken verehren."

Majestätisch verließ der Rector das Zimmer, und ich verließ es kurz darauf auch — in Gesellschaft eines Pedells, in der rechten Hand den bewußten Band Chamisso's, in der linken Papier, Feder und Tintenfaß haltend. O, dieser Peter Schlemihl! O, ich Schlemihl!

Die zehn Gebote.
Für amerikanische Verhältnisse bearbeitet.

1. Das Geld ist der Herr, Dein Gott, das Dich nach Amerika geführt hat.
2. Du sollst keine anderen Götter neben ihm haben.
3. Du sollst aber keinen fremden Namen mißbrauchen, um es zu erlangen. Solches Thun ist dumm, da es immer entdeckt und bestraft wird.
4. Gedenke des Sabbathtages, daß Du ihn heiligest! Schließe Dich irgend einer Kirchen=Gemeinde an! Werde Methodist, Baptist, Anglicaner

ober Presbyterianer! Gehe fleißig in die Kirche, damit es Dir wohlgehe auf Erden und Du gute Geschäfte machst! That's business!

5. Du sollst Deinen Vater, Deine Mutter, sowie auch alle Basen, Onkel, Tanten und auch sonstige Verwandten ehren; Deine Eltern, falls sie reich, die Anderen, falls sie reich und kinderlos sind.

6. Du sollst nicht tödten, — b. h. wenn Du nicht mindestens zehntausend Dollars besitzest, um zwei Rechtsverdreher bezahlen, zwei Prozesse bestehen und eine intelligente Jury kaufen zu können!

7. Du sollst nicht ehebrechen, b. h. Du sollst D e i n e Ehe nicht brechen, indem Du selbst nie heirathest. Du hast es in diesem Lande nicht nöthig.

8. Du sollst nicht stehlen, wenn es sich nicht lohnt. Warte geduldig die Gelegenheit ab, bis Du z. B. County-Schatzmeister, Bank-Kassirer, Abministrator eines Vermögens reicher Unmündiger oder dergleichen geworden bist. Einmal stiehl, aber ordentlich! Du kannst dann immer „compromisen".

9. Du sollst kein falsches Zeugniß reden wider Deinen Nächsten, falls er Dir nicht anständig dafür bezahlt. So help you God!

10. Laß Dich nicht gelüsten nach Deines Nächsten Haus, außerdem Du hast eine "mortgage" darauf, kannst ihm bei passender Gelegenheit die Kehle zudrücken und das Haus billig erstehen. Laß Dich nicht gelüsten Deines Nächsten Weib, wenn Du nicht Gefahr laufen willst, erschossen zu werden oder Schadenersatz zu bezahlen. Laß Dich nicht gelüsten nach seiner Magd, denn die kann Dich in diesem Lande vor den "Justice of the Peace" bringen, und Du wirst plötzlich als Junggeselle Papa. Gelüste nach Deines Nächsten Knechte, Ochsen, Esel und irgend einem anderen Hausthiere traue ich Dir nicht zu.

Deutsch-amerikanischer Wochen-Kalender.

Am Montag in den Bau-Verein,
Am Dienstag muß der Skat ja sein,
Am Mittwoch muß man kegeln,
Am Donnerstag ist Poker-Spiel,
Am Freitag Logen sind mein Ziel,
Nach hergebrachten Regeln.

Am Samstag muß ich singen wohl,
Den Sonntag hat als Monopol
Der Gattin treue Liebe —
Dann sind die and'ren „Evenings" mein,
Skat-, Poker-, Bau-, Gesang-Verein
In geistvollem Getriebe.

Welche Eigenschaften werden bei vielen Gesangvereinen von einem tüchtigen Dirigenten verlangt?

Er muß mit einem permanenten Durst gesegnet sein.

Er muß mit den besten Trinkern im Verein um die Wette kneipen können.

Er darf aber dennoch nicht so bekneipt werden wie seine Sänger, sonst entläßt man ihn wegen "Trunkenboldenhaftigkeit".

Er muß nach den Proben, wenn nothwendig, der bewußte "dritte Mann" sein.

Er muß jedes Mitglied für die beste Stütze des Vereins betrachten, b. h., er braucht es nicht zu denken, nur den Betreffenden zu sagen.

Er muß die "Ein=Finger=Gymnastik" fleißig betreiben, damit er den Sängern die Melodie ohne Harmonie so lange vorklimpern kann, bis dieselben endlich kapirt haben.

Er darf seinen Sängern nie Notenkenntniß beizubringen versuchen.

Er soll sich nie wundern oder gar böse werden, wenn, nachdem er mühevoll die vier Stimmen einzeln und einfingrig eingepaukt hat, seine "Künstler" mit einer bewunderungswürdigen Einigkeit ersten Tenor singen.

Er darf nicht die Geduld verlieren, wenn sich zu einer Probe acht zweite Bassisten und zwei erste Tenöre einfinden.

Er soll nie grob werden.

Er muß stets bereit sein, sich mit seinem Verein öffentlich zu blamiren.

Er muß "on demand" immer willig sein, vor den Fenstern irgend eines prominenten Mitgliedes mit seinen Sängern zu "serenadiren", namentlich wenn besagtes Mitglied Brauerei=Besitzer, "Liquor Dealer" oder "Saloon Keeper" ist.

Er muß auch an einem bitter kalten Tage am Grabe eines verstorbenen, nun vollständig Passiven entblößten Hauptes dirigiren und darf dabei tüchtig "Kalt kätschen".

(Er kann aber, wenn er will — doch nur geheim —, erfreut sein, daß der bewußte Passive nichts von dem Gesang gehört hat.)

Er braucht nichts von Orchester=Leitung zu verstehen und soll dennoch auf Verlangen die Aufführungen des Vereins mit Orchester=Begleitung dirigiren können.

Er muß das größte "Blech", nicht nur musikalisch, anhören können.

Er darf sich nicht wundern, daß er mit den Proben erst um neun Uhr beginnen kann.

Er muß streng auf die genaue Einhaltung der Pausen, das heißt: an der "Bar", sehen.

Er darf nichts sagen, wenn manches Mitglied etwas „angesäuselt" erscheint.

Er muß sich oft taub stellen und noch öfter stumm sein.

Er soll ein dickes Fell und eine Eselsgedulb besitzen.

Er muß durch die Frauen die Männer beeinflussen und auf Gründung eines gemischten Chores bringen.

In Liebenswürdigkeit den Sangesschwestern gegenüber soll er in brüderlicher Zuneigung so weit als möglich gehen.

Manche von seinen Sängerinnen soll er auf Verlangen nicht nur auf der Klaviatur, sondern auch auf anderen Touren begleiten.

Er muß fest „uff die Beene" sein, damit er bei Sängerfesten überall mitmarschiren kann.

Er muß so gerieben sein, daß er keine Reibereien veranlaßt, außer wenn es sich um einen Salamander handelt.

Er soll es so einrichten, stets Gehaltsvorschuß zu haben, und zwar so viel wie möglich. Er wird mit dem Verein leichter auskommen.

Besonders große musikalische Befähigung braucht er nicht zu besitzen.

Gedankenspäne.

Ist man arm, dann bleib' man nüchtern, trinke nie mehr, als man sollt', Sonst sinkt man bei seinem Nächsten bald zum wüsten Trunkenbold. Ist man reich, dann man sich täglich, wenn man will, beranschen kann, Trunkenbold heißt es dann nimmer, sondern stets nur — Lebemann.

Willst Du Politik betreiben
Und in Aemtern stets verbleiben,
Wird Dein Glücksborn nie versiechen,
Lernst Du riechen und dann kriechen.

Werde reich, wenn auch als Schurke, stets bleibst Du willkomm'ner Gast!
Diese Welt fragt nicht: Was bist Du? Nein, sie sieht nur, was Du hast!

Bist Du ein Hohlkopf und willst es nicht scheinen,
Spiele nur Karten in Deinen Vereinen.

Die Leere Deines Umgangs, den Geist, den Du entbehrst,
Ersetzest Du am besten, wenn Gestiges du leerst.

Das Pedal.
Eine „vierhändige" Ballade.

Sie war Brünette, er Blondin;
 Sie spielten Beide *quatre mains*,
  Und er trat das Pedal.

Sie waren eingespielt, und stets
Spielt' er die Prime, d'rum — so geht's —
  Trat immer er's Pedal.

Einst bei der Fünften Symphonie
Berührt' er leise, zart ihr Knie,
  Als er trat das Pedal.

Er trat's im Scherzo immer mehr,
Wo er's nicht sollt'. Sie staunt gar sehr:
  Warum tritt er 's Pedal?

Doch plötzlich — ach! — vertritt er sich;
Sein Fuß, er drückt gar inniglich
  Den ihren — nicht 's Pedal.

Jetzt endlich wußt' sie, was er will;
Sie dacht': „Wie Gott will, ich halt' still!" —
  Vergessen ist's Pedal.

Und als er weiter drückt entzückt,
Sie schüchtern in Erwid'rung drückt;
  Als wär' er das Pedal.

Das Füßeln ging nun seinen Lauf,
Blondin brach ab, das Spiel hört' auf,
  Er braucht nicht mehr 's Pedal.

Von Händen, die die Klaviatur
Zerwühlt, ist jetzt nicht mehr die Spur
  Verstummt ist das Pedal.

Sie spannen Liebchens Taille, und
Verstummt ist wahrlich nicht sein Mund,
  Ist lautlos auch 's Pedal.

Auch sie fühlt nun des Jünglings Muth,
Ihr Kopf auf seiner Schulter ruht.
Vereinsamt ist's Pedal.

Gefährlich' Spiel ist solches Spiel;
Es führt gar oft zum bösen Ziel,
Tritt fehl man das Pedal.

Und die Moral von der Geschicht':
Spielt, Mädchen, die Seconde nicht,
Dann tretet I h r 's Pedal!

Die Trauer eines Klavier=Lehrers.

Der Klavierlehrer Intervallus Klaviaturoff hatte einen herben Verlust erlitten. Seine Schwiegermutter, die Frau, deren einzige Tochter er sein eigen nannte, war gestorben. Während einer Gardinen=Predigt, die sie ihrem nachtschwärmerischen Schwiegersohn hielt, und während welcher sie sich in heftiger Gemüthsbewegung befand, fiel sie in der Mitte eines Satzes plötzlich um und entschwiegermutterte den erschrockenen Tochtermann. Intervallus soll später boshaft geäußert haben, seine Schwiegermutter sei an der Maulgallensperre gestorben, eine den Aerzten völlig unbekannte Krankheit, deren Existenz nur in dem Gemüth eines Schwiegersohnes entstehen konnte. Nun, die Frau war und blieb todt, aber sie hatte noch mehr gethan, denn sie hinterließ ihrer Tochter fünfhundert Dollars, welche Summe diese ihrem Manne als theilweise Entschädigung für jahrelange Leiden, deren Ursache sie eigentlich war, einhändigte. Der Klavierlehrer Intervallus Klaviaturoff hatte in seinem ganzen Leben keine solche Summe gesehen, geschweige besessen. Er beschloß, einen ganzen Tag der Trauer um den Verlust seiner Schwiegermutter zu widmen. Aber er war kein gewöhnlicher Klavierlehrer, und so mußte dieser Tag auch ungewöhnlich gefeiert werden. Er zog sich ganz schwarz an, kaufte für jede seiner Schülerinnen, die an diesem Tage Unterricht zu nehmen hatten, einen Trauermarsch und ließ diesen nur auf schwarzen Tasten spielen, trank am Abend zwanzig Schoppen Culmbacher, der Farbe wegen, und als ihm dies Alles noch nicht Trauer genug war, eilte er in's Negerviertel, machte einer anständigen farbigen Dame in einer Weise den Hof, daß sie ihn verhaften ließ, wachte schließlich in einer schwarzen Zelle mit einem schwarzen Kater auf und rettete sich nur durch die Bezahlung einer Strafe vor der Fahrt in der „Schwarzen Marie". War das nicht Trauer genug um eine Schwiegermutter?

Mein polnischer Gesangverein.

Ich war stets ein großer Freund der Gesangvereine, b. h. nach abgehaltenen Proben, überstandenen Concerten, im Schweiße meines Angesichts verbrachten Sommernachtsfesten und — vor allen Dingen — im folgenden Falle nicht nach, sondern bei Commersen. Ich verspürte nie rechte Lust, mir mein Bier und meinen Wein — ich will mich keines stärkeren Ausdrucks bedienen — nach unzähligen, täglich zu überstehenden Tonleitern durch Gesang beeinträchtigen zu lassen. Daß ich bei derartigen Anlagen mir nie angelegen sein ließ, meine musikalische Thätigkeit auf das Gebiet des Gesangvereinswesens zu erstrecken, wird Jedem einleuchten. Und dennoch habe auch ich diese lieberreiche Existenz leider kennen gelernt: ich war — wenn auch nur kurze Zeit — „Leader" eines Gesangvereins, und zwar eines polnischen, in der durch ihre „Stock Yards" berühmten Stadt C. Wie ich dazu kam? Nun, aus Liebe zur Vereinssängerei gewiß nicht, sondern die Anhänglichkeit, welche jedem Menschen für die Erdscholle, auf der er geboren ist, anhaftet, bracht mich dazu.

Ich habe nämlich in der ehrwürdigen, ehemaligen Hauptstadt des einst so mächtigen Königreiches Polen, in dem sogenannten „Paris des Nordens", nämlich in Warschau, das erste Piano — wollte sagen: das Licht der Welt erblickt. Polnisch ist meine Muttersprache, und ich habe diese Sprache nicht verlernt. Da sich nun in C. ein polnischer Gesangverein gebildet hatte, welcher selbstverständlich polnisch singen wollte, und da ich zu jener Zeit unter den musikalischen Profess—ionisten der Einzige war, welcher in dieser Hinsicht Text mit Musik vereinigte, so ist's kein Wunder, daß man mich suchte. Man sagt: Nordpol und Südpol können einander nie begegnen; ich bin im Stande, das Gegentheil zu beweisen. Der Präsident des bewußten polnischen Gesangvereins wohnte nämlich im Süden, während ich im Norden der Stadt C. mein harmonisch so oft ungereimtes, gereimt so oft unharmonisches Dasein fristete. Wir kamen zusammen und hielten eine Sitzung ab im wahren Sinne des Wortes, denn als wir uns gegenseitig verabschiedeten, hatten wir Beide „Einen sitzen". Während dieser Sitzung wurde viel polnisch gesprochen, viel getrunken (leider nicht Cider), und da der Betreffende viele Jahre in meiner Vaterstadt Warschau gelebt hatte, so wurden manche Erinnerungen, nicht allein die Kehlen, aufgefrischt.

Da meine Natur bei derartigen Sitzungen recht zugänglich ist — stellenweise —, so hatte ich, meinen sonstigen Ueberzeugungen zuwiderhandelnd, die Stelle angenommen. Mit einem echt polnischen ''Kochajmy sie!'' (Lieben wir uns!) leerten wir das letzte Glas und verließen das Lokal, in welchem wir — um die Wahrheit zu gestehen — nicht den Göttern Bacchus

oder Gambrinus, sondern der Göttin Ceres, der Beschützerin aller Getreide=
sorten und ihrer flüssigen Ergebnisse, viel geopfert hatten. Der Südpol'
schwankte südlich, der Nordpol' nördlich, und so schwankten wir, von
patriotischem Dusel und sonstigem Fusel beseelt, unseren heimathlichen
entgegengesetzten Polen zu. An dem darauf folgenden Mittwoch leitete ich
die erste Probe. Eigentlich sollte das Imperfectum in diesem Falle „litt"
heißen, denn was ich als „Leader" leider leitend gelitten habe, war unter'm
Luder. Was waren Kosciuszko's, Pulawski's, Langiewicz's Heldenthaten
in Anbetracht der meinigen! Was waren die russischen Detonationen, die
j e n e n Männern, im Vergleich mit den polnischen, die m i r um die Ohren
sausten! Ein einziger Trost bestand darin, daß das Probezimmer an ein
Gemach in englisch=wörtlicher Uebersetzung, nämlich an ein „Sample Room",
stieß, und ich mich daher pausenweise (im Sinne der großen Pauke) stärken
konnte. Selbstverständlich wollten meine Sänger nur National=Melodien
singen; ich arrangirte daher die mir bekannten polnischen Lieder: „Gott
errette Polen", „Im Rauch der Flammen", „Chlopicki's Marsch", „Noch ist
Polen nicht verloren" u. s. w. Eigentlich hätte ich mir diese Mühe sparen
können, denn meine Polen waren so begeisterte Anhänger der Melodie, daß
sie größtentheils, ungeachtet aller Mühe, nur diese sangen. Uebrigens
gewährte jener Verein einen Vortheil, der nicht zu unterschätzen war. Jeder
Leiter eines Gesangvereins weiß, wie unregelmäßig die Herren Sänger zu
den Proben erscheinen, und wie ungleich die Stimmen dadurch oft vertreten
sind. In dieser Beziehung hatte ich leichtes Spiel, denn die Natur war für die
Stimme meiner Sänger so gnädig gewesen, daß ich getrost einen Tenoristen
Baß oder einen Bassisten Tenor singen lassen konnte — das war "wszystko
jedno!" (janz schnuppe!). Mit der Zeit jedoch gingen mir meine Kennt=
nisse der polnischen National=Melodien aus, und meine Sänger wollten
immer mehr Nationales haben. Was thun?

Man bat mich, ich sollte etwas componiren. „Leicht gesagt für 'nen
Sechser Käse, aber welche Sorte?!" Ich — und Componiren! Freilich
hatte ich schon früher derartige Sünden begangen, nur ging es mir mit
meinen Compositionen wie manchem „Whiskey": sie waren „compoundeb".
Wenn ich der Erzeuger eines derartigen Kindes wurde, so entdeckte ich immer,
daß das Baby früher schon einen Zwillingsbruder gehabt hatte. Da ich
also — wie sich ein Kritiker über einen sogenannten „Componisten" sarkastisch
ausdrückte — stets Vorahmer in meinen „Opüssen" finden konnte, so beschloß
ich, die Sache zu vereinfachen und einen derartigen Vorahmer ganz gemüth=
lich polnisch „umzukrempeln". Meinen Sängern von der Weichsel und
Warthe, vom Bug und Dnjestr dürfte die Musik=Litteratur ziemlich un=
bekannt sein. Wenn nur die Worte richtig gewählt waren und die Melodie

einen polnischen Anstrich hatte! Ich suchte, suchte, und — endlich fand ich! Meine Wahl fiel auf das bekannte Lied „Ritters Abschied", besser bekannt unter dem Namen „Weh', daß wir scheiden müssen!" — dieses wehmüthige Lied, welches die lieben deutschen Sangesbrüder stets dann singen, wenn sie recht voll — Wehmuth sind. Vor allen Dingen mußte ich einen Mazur= Rhythmus für meine Polen schaffen. Ich änderte also den Zweiviertel= in Dreiachtel=Takt. Die Polen singen ihre lebhaften National=Lieder stets im Dreiachtel=Takt. (Wie viele Achtel die Deutschen beim Singen verbrauchen, gehört nicht hierher.) Dann reimte ich die passenden Worte. In der ersten Strophe machte ich Kaiser Wilhelm, in der zweiten Kaiser Franz und in der dritten Kaiser Alexander herzlich schlecht, und im Refrain veranstaltete ich einen gesanglichen Massenmord aller Preußen, Deutsch=Oesterreicher und Russen. Daß das so verunstaltete Lied ungeheuren Anklang fand, ist selbst= verständlich, und nach der ersten Probe wurde eine noch größere Quantität — Cider vertilgt, denn gewöhnlich.

Am 29. Oktober 1880 — in jenem Jahre fand Obiges statt — feierten die Polen in Amerika und auch in der Stadt C. das fünfzigjährige Jubiläum des polnischen Aufstandes von 1830. Es wurde eine riesige Demonstration in Szene gesetzt; alle bedeutenden Persönlichkeiten, die Spitzen der Be= hörden, die Richter u. s. w. waren eingeladen, und mein Verein sollte ver= schiedene Nationallieder vortragen. Ich bestimmte „Gott errette Polen" als das getragene und „Noch ist Polen nicht verloren" als das lebhafte Lied zum Vortrag.

Nun, es ging — wie es eben gehen konnte! Nach Beendigung des ersten Liedes ließ sich der Gouverneur des Staates meine Person vorstellen, und diese kurze Vorstellung bleibt mir unvergeßlich. Der Festmarschall bemerkte: "Professor (sic!) Seebaum, the leader of our Polish Singing Society." Der Gouverneur erwiderte verbindlich mit einem leisen Anflug von Spott: "Seebaum? A very Polish name!" Ich konnte das Lachen nicht halten, und der Gouverneur lachte mit. Nach dem Vortrag des „Noch ist Polen nicht verloren", das zwar mit manchen falschen Tönen, aber mit richtigem Feuer gesungen wurde, ertönte ein riesiger Applaus, nicht nur von den Polen, sondern auch von allen Anderen, der nicht enden wollte. Da eilte der Festmarschall zu mir und rief: „Der Gouverneur wünscht Ihre Composition zu hören, ich habe ihm davon erzählt!" Mir wurde es plötzlich so zu Muthe, als wenn ich ein Talglicht vertilgen sollte. Meine „Com= position": „Ritters Abschied" in Dreiachtel=Takt, auch den Amerikanern unter dem Titel: "Knight's Farewell" nur zu bekannt! Aber was sollt' ich machen? Das Sprichwort sagt: „Wer die Wahl hat, hat die Qual." Ich hatte keine Wahl, und doch: welche Qual! Das von mir „um=

gekrempelte" Lied wurde gesungen. Schon während des Vortrags konnte ich in den Zügen der anwesenden Deutschen und Amerikaner lebhaftes Staunen wahrnehmen, das sich während des Refrains zu einer nur mühsam unterdrückten Heiterkeit steigerte. Nach dem Vortrag wollte ich mich schleunigst drücken — „den Dank, Dame, begehr' ich nicht", dachte ich mir — aber es ging nicht. Der Gouverneur und der Bürgermeister der Stadt C., von dem Festmarschall geführt, standen vor mir. „Mein Herr", sagte der Gouverneur zu mir, so laut, daß es meine Sänger hören konnten, „Sie haben ein merkwürdiges Compositions-Talent. Schade, daß Ihre sogenannte „Composition" schon seit der Entdeckung Amerika's von allen deutschen und englischen Vereinen gesungen wird." Meine Sänger waren starr! Der Präsident — zu gleicher Zeit zweiter Bassist — wagte eine Bemerkung des Zweifels. „Ich will es Ihnen beweisen", sprach der Gouverneur, der sich köstlich zu amüsiren schien, und winkte einem Geiger des auf der Estrade anwesenden Orchesters, der auch sofort herbeieilte. „Wollen Sie, bitte, die Composition dieses Herrn (auf mich deutend) vorgeigen?" Der Geiger geigte und ich hätte mich gern heimgeigen lassen.

Das Schlimmste jedoch war, daß verschiedene Nicht-Polen sofort mit einstimmten. Die Blicke der unbegrenzten negativen Hochachtung, mit denen mich meine Sänger und der Festmarschall betrachteten, werden noch auf meinem Sterbebette auf mir lasten. Die Herren Nicht-Polen, von denen mich manche recht gut kannten — bei verschiedenen ertheilte ich sogar Unterricht — amüsirten sich immer mehr. Ich fand es gerathen, mich auch zu amüsiren. „Meine Herren", sprach ich, „ich will zugeben, daß eine Verwandtschaft ersten Grades in diesem Falle vorhanden sein mag, aber die Worte, die sind doch ganz meine Erfindung!" — „Das können Sie leicht behaupten", erwiderte Richter B., „wir kennen wohl manches deutsche oder amerikanische Lied, aber von polnischen Versen wissen wir nichts." Alle lachten, und ich lachte mit, nur meine Polen lachten nicht. Der Nebel, in welchem meine eminenten schöpferischen Talente bisher geschwebt und in dem wir uns so oft benebelt hatten, war zerronnen. Ich sandte am nächsten Tage meine Entlassung, welche — wie der Gesang des Vereins — einstimmig Anklang fand.

Ein Lied zu unrechter Zeit.
Eine Kirchhof-Erinnerung.

Wer unter den „Bohemians" (damit sind bei Leibe nicht Czechen gemeint) Chicago's kannte nicht die dicke, kreuzbrave, ewig durstige „Mandoline"? Welchem Sanges- und Kneipbruder, welchem Journalisten war der behäbige

Schmidt, der den oben angeführten Spitznamen trug, fremd? Namentlich unter den Sängern war diese gute Seele mit der trockenen Kehle allgemein bekannt und beliebt. Diesem Umstande auch hatte die „Mandoline" die Ernennung zum Sekretär des Sängerfestes 1881 zu verdanken. Schmidt war aber auch stets ein begeisterter Vereinssänger gewesen. Es wird wohl schwerlich ein Vereinslied gegeben haben, welches ihm unbekannt gewesen wäre. Wenn die „Mandoline" so recht voll gestimmt war, dann entquoll ihrem Resonanzboden der halbe Regensburger Liederkranz. Was aus der einst gewiß schönen tiefen Stimme im Laufe der Jahre geworden war, kann man sich leicht vorstellen. Gott Bacchus, Gott Gambrinus und die Göttin Ceres haben dieser Stimme, in Folge der solchen Göttern dargebrachten un= unterbrochenen Huldigungen des Sängers, ihren weniger göttlichen Stempel aufgedrückt. Es war ein Mittelding zwischen dem Krächzen eines verwun= deten Raben und dem Quacken eines vereinsamten Frosches. Und dennoch— wie erhaben! Wie die Ruinen am Rhein an die einstige Pracht der Burgen mahnen, so erinnerten die Töne der „Mandoline" in ihrer stimmlichen Ruine an die vergangene Pracht eines deutsch=amerikanischen Gesangvereins=Basses.

Jedoch „kehren wir zu unseren Hämmeln zurück", wie der Franzose zu sagen pflegt. Die oben erwähnte, leidenschaftliche Vorliebe für das deutsche Vereinslied, verbunden mit der Vorliebe für alle möglichen „Glasinstru= mente", hat einst unserer Mandoline einen tragi=komischen Streich gespielt. Ein Mitglied der Chicagoer Zigeuner=Colonie verstarb ganz plötzlich. Die Trauer bei den „Bohemians", wenn ein braver Kamerad, welcher eine gute Klinge schlagen konnte, in das Land „hinübergegangen worden ist", in welchem keine „License" bezahlt wird, äußert sich anders, denn bei gewöhn= lichen Biedermännern. Das Erste, was aus der „Mandoline", als sie die Todesnachricht vernahm, ertönte, war: „Schade um den Durst, der da mit= begraben wird." Mit diesen Worten schlenderte er gesenkten Hauptes nach der Stammkneipe.—Am Begräbnißtage saß die Mandoline mit verschiedenen anderen gestimmten Instrumenten in trüber Stimmung am Stammtisch. Es war 10 Uhr. Die Beerdigung sollte um 2 Uhr stattfinden. Je trüber die Stimmung wurde, desto mehr wurde gezecht. Als die Mandoline auf dem Kirchhof angelangt war, schillerte sie in allen Tonfarben. Während die Grabrede gehalten wurde, lehnte sie mit schlaffen Saiten an einem nahe= stehenden Baum und hatte eines ihrer Bänder um einen der Aeste geschlungen. Die Grabrede war sehr rührend, sehr feierlich und —sehr lang, so lang, daß die Mandoline während der zweiten Hälfte derselben Klänge ertönen ließ, die mit den wirklichen zarten Mandolinentönen nichts gemein hatten. Der Sänger war eingeschlafen und schnarchte. Der Redner, welcher wirklich ergreifend gesprochen hatte, so daß Alle tief gerührt waren, schloß seine Rede mit folgenden Worten! „Und nun, Ihr Freunde, erfaßt mit Eurer Rechten, welche die des nun hier liegenden Sängers so oft gedrückt hat, einen winzigen Bestandtheil dieser Erde, in welcher der Verblichene nun ruht, und streuet ihn auf seinen Sarg mit den Worten: „Weh', daß wir scheiden müssen!" Wie ein ehemaliges Kavallerie-Roß bei dem ihm einst so bekannten Signal das richtige Tempo trifft, so traf der eingefleischte Vereinssänger sofort nicht nur das richtige Tempo, sondern auch die Worte. Als der Redner mit erhobener Stimme die Worte ausrief: „Weh', daß wir scheiden müssen!" da erklang aus dem Resonanzboden der jäh erwachten Mandoline nach bekannter Melodie *a tempo:* „Laß...Dich...noch einmal...küssen!" Das Tableau am Grabe kann man sich wohl denken, aber nicht beschreiben.

Das „Pokern".
(Frei nach Wm. Müller.)

Das „Pokern" war Herrn Müller's Lust,
  Das „Pokern"!
Er wollt' ein Mann von Bildung sein,
D'rum fiel ihm gleich das „Pokern" ein,
  Das „Pokern"!

Vom Nachbar hatte er's gelernt,
  Vom Nachbar!
Dann spielte er die ganze Nacht,
Bis er's Vermögen durchgebracht
  Im „Pokern"!

Herr Müller war „ganz leiblich ab",
  Doch „Pokern",
Das wurd' bei ihm zur Leidenschaft
Und hat ihm Alles weggerafft
  Durch's Wetten!

Er hielt auf Alles, was er kauft',
  Der Esel!
Und waren drei schon vor ihm d'rin,
Er ging stets mit und — 't is too thin —
  Noch „blufste"!

Er „blufft' so lange, bis fort war
  Sein „Money"!
Er kam zuletzt in's Krankenhaus,
Starb arm wie eine Kirchenmaus
  Durch's „Pokern"!

Die Rache des Mimen.
(Eine russische Theater = Plauderei.)

Dieses kleine Geschichtchen aus der Bühnenwelt ist, so unwahrscheinlich es auch dem Leser scheinen mag, dennoch buchstäblich wahr. Der Ungläubige bedenke, daß es russische, ja, sogar sibirische Theaterzustände sind, die ich in dieser Skizze beschreibe. In Amerika wären dieselben undenkbar. — Gregor Gregorowitsch J. war Direktor des Theaters in Tobolsk. An demselben war Fedor Fernandowitsch Weleboff als erster Character = Darsteller thätig. Dieser Character = Darsteller konnte es mit seinem Character nicht vereinbaren, mit dem Herrn Direktor auf gutem Fuße zu stehen. Reibereien waren während der ganzen Saison an der Tagesordnung. Als dieselbe geendet hatte, gab Gregor Gregorowitsch sich selbst noch ein Benefiz. Der Character=Darsteller Weleboff wirkte in dieser Vorstellung mit. Kurz vorher jedoch richtete er ein gerade nicht sehr höflich abgefaßtes Schreiben an den Direktor, daß er nicht spielen würde, falls er sein Honorar nicht im Voraus bekäme. Das wurmte den stets sehr feinfühlenden Theaterleiter, und er sann auf Rache. Vor der Vorstellung überreichte er dem nichts Arges ahnenden Mimen eine Anweisung auf seinen Bankier. Dieselbe war auf sechsunddreißig Silber=Rubel ausgestellt. Der Mime mimte. Am nächsten Morgen präsentirte er die Anweisung etwas spät. Schauspieler, namentlich Character Darsteller, stehen ziemlich spät auf. Der russische Bankier antwortete kurz: "Diengi poschli!" was in deutscher Sprache heißen soll: „Kein Geld!" Der rachsüchtige Bühnenleiter hatte sich nämlich durch seine Revanche=Gelüste so weit hinreißen lassen, daß er, sobald die Bank an diesem Tage eröffnet wurde, sein Depositum zurückzog.

Auf einen derartigen Characterzug war selbst ein Character=Darsteller nicht gefaßt. Aber was sollte er machen? Die Saison war vorüber. Er sann jedoch auf blutige Rache. Keine gewöhnliche Rache sollte es sein. Er wollte geduldig warten, bis die Gelegenheit kommen würde, dann aber sollte die Rache kalt genossen werden. Und wahrlich, er hat sie kalt genossen! Selbst in dem kalten Tobolsk konnte man sie nicht kälter genießen. Als die nächste Saison in dieser Stadt unter derselben Leitung begonnen hatte, war „Gospodin" (Herr) Weleboff auch Direktor geworden, jedoch nicht in Tobolsk, sondern in Irkutsk. Er war noch immer im Besitz der bewußten Anweisung, denn der Theater=Director in Tobolsk hatte, um die Einlösung derselben zu hintertreiben, seiner früheren Firma noch ein „Co." angehängt. Aber die Rache sollte nicht ausbleiben. An dem Tobolsker Theater war während dieser Saison Herr Karol Karolowitsch Niproff als erster Liebhaber engagirt. Er war in der That ein vorzüglicher Liebhaber, nicht allein auf der Bühne, sondern auch außerhalb derselben. Er war ein Liebhaber im wahren Sinne des Wortes, denn er hatte sie alle lieb, die mehr oder weniger hübschen Tobolsker Damen, und da er selbst ein hübscher Kerl, wie man zu sagen pflegt, war, so hatte er außer dem Engagement beim Direktor Gregor Gregorowitsch J. noch mehrere andere. Mit diesem Direktor jedoch konnte er sich, ebenso wenig wie sein Freund Weleboff in der vorhergegangenen Saison, nicht recht vertragen. Trotzdem er Liebhaber war, hatte er diesen „Gospodin" gar nicht lieb, und es soll ihm dies Niemand in Tobolsk verdacht haben. Das Verhältniß am dortigen Theater wurde ihm daher, ungeachtet der anderen Verhältnisse, so zuwider, daß er bei der ersten besten Gelegenheit, die ihm gelegen käme, seine verstellte und natürliche Liebhaberthätigkeit nach einem anderen Schauplatz zu verlegen sich entschloß. Diese Gelegenheit sollte sich bald bieten. „Gospodin" Adolf Adolfowitsch Nowofarnoff eröffnete das „Slavonia-Theater" in St. Petersburg, der Metropole, mit dem Gastspiel der bekannten russischen Tragödin Magoba Magdalenowna Jrschikowska. Er brauchte einen guten Liebhaber und engagirte den Niproff. Derselbe hatte jedoch noch einen Vorschuß von siebenzig Silber=Rubeln, aber kein Geld. Seine Ehre erheischte, daß, ehe er Tobolsk und den dortigen Direktor verließe, dieser Vorschuß getilgt werden müsse. Er wandte sich an seinen Freund in Jrkutsk, an Fedor Fernandowitsch Weleboff, und — der Augenblick der Rache war endlich gekommen. Am nächsten Tage erschien „Gospodin" Niproff bei dem „Gospodin" Direktor mit der Erklärung, daß er ihn verlasse, und händigte ihm den Vorschuß ein, nämlich vierunddreißig Rubel in Kassenscheinen und die von Weleboff ausgestellte Anweisung von sechsunddreißig Rubeln. Der Direktor war „paff"! Aber was sollte er machen? Seine Unterschrift verleugnen? Das ging doch nicht. Jngrimmig nahm er Geld und Anweisung und hatte seinen nun gewesenen Liebhaber gar nicht ein Bischen mehr lieb. — Es herrschen doch noch recht sonderbare Theater=Zustände in — Sibirien!

Die Depesche des Todten.

In einer großen Stadt, die kaum tausend Meilen von New York entfernt ist, wurde von einem Gesangverein der vierte Akt der „Hugenotten" aufgeführt. Der Chor der katholisch sein sollenden Edelleute, welcher jedoch stark altkatholisch aussah, hatte die Schwerter glücklich zu Ende „gebenscht"; „Valentine" lag am Schluß des Duetts solo auf dem Rücken; „Raoul" war endlich mit einem seiner höchsten Töne durch das improvisirte niedrige Fenster gesprungen; kurz, die Vorstellung war überstanden. Der Rausch der allgemeinen Begeisterung jedoch, wie dies nur bei Gesangvereinen möglich ist, währte noch ununterbrochen fort. Wonne= und sonst noch trunken thronten die Helden des Abends am Ehrentisch. Der Dirigent mit seiner Gattin, „Raoul" mit „Valentine" und „Nevers" mit „St. Bris" waren, was Lob anbelangt, voll Harmonie. Im Orchester und auf der Bühne hatte man die Letztere schmerzlich vermißt.

"Did you ever hear a better performance?" frug der Dirigent den Baritonisten, welcher nur sehr wenig deutsch sprach.

"Never", antwortete „Nevers" mit Nachdruck.

„Sie waren göttlich wie Niemann!" flötete „Valentine" zu „Raoul".

„Und Sie hinreißend wie die Lucca!" betheuerte dieser.

„Ihr ‚Geheiligt sei die Rache!' war von großartiger Wirkung", bemerkte der Dirigent zum Bassisten.

„Ob sie wohl kommen wird?" flüsterte für sich der Darsteller des „St. Bris", der Einzige, welcher befähigt war, die musikalische Schinbluder=Lunte zu riechen. Er war auch kein Mitglied des Vereins, sondern wurde bezahlt. Und sie kam, die Rache, wenn auch nur in der Form eines Scherzes. Ein als Telegraphenbote verkleideter Junge trat an den Dirigenten heran und überreichte ihm eine Depesche.

„Ein Glückwunsch=Telegramm!" rief Einer.

„Ein Gastspiel=Antrag!" rief der Zweite.

Der Dirigent hatte die Botschaft gelesen und lautlos sank er auf seinen Sessel.

Das Blatt befand sich jedoch schon in den Händen des „St. Bris", der die Depesche laut vorlas. Sie lautete:

„Herrn Direktor X., Y . . . . . City.

Jüdischer Friedhof, Berlin.

Dreh' mich um, ich kann nicht mehr.

Giacomo Meyerbeer."

Tenorist an Prima Donna.

Wie Raoul die Valentine,
 Wie die Selica der Vasco,
Wie Masetto die Zerline,
Lieb' ich Dich, fürcht' kein Fiasco!

Wie der Tristan die Isolde,
Wie der Edgar die Lucia,
So verehr' ich Dich, Du Holde,
Primadonna, cara mia!

Wie Sever die Abalgisa,
Nein, noch wüthender: wie Norma.
Wie der Heinrich die Elisa=
beth, lieb' ich in jeder "forma"!

Wie der Faust die Margarethe,
Wie die Bertha den Propheten,
Theure, so ich früh und späte
Hör' nicht auf, Dich anzubeten!

Wie der Rhabames Aida,
Wie das Marerl die Agathe,
Solche Liebe war noch nie da,
Solch' vertrackte, obstinate!

Wie der Romeo die Julia,
Desdemona der Othello,
Lieb' ich Dich und werd' ein „Fool" — ja
So ein ganz meschugg'ner „Fellow"!

Wie der Arnold die Mathilde,
Wie Ophelien der Hamlet,
Lieb' ich Dich, nur nicht so milde,
Und mein Mund nur Minne stammlet.

Wie Eurydice der Pluto,
Wie die Helena der Paris —
Ohn' Bedingung, absoluto —
Lieb' ich! Ach, wie man doch Narr ist!

Wie der Siegmund die Sieglinde,
Wie Don Jose seine Carmen —
Ach, ich lieb' Dich wie die Sünde!
Willst Du meiner Dich erbarmen?!

Schmachtend wie der Trovatore,
Florestan — ach — den Fidelio
(Eigentlich auch Leonore)
Liebe ich Dich, ich Kameel, oh!

Singst so oft ja auf der Bühne
Feurig Du mit mir Duette,

D'rum ich bittend mich erkühne:
Folge mir zu jener Stätte,
Wo sich uns're holden Töne
Zwar nicht im Gesang vereinen,
Nur ein Wort erklingt: das schöne
„Ja" — aus süßem Mund, dem Deinen.

Allotria.

A.: Herr S., Sie sehen aus wie der **Messias**.
S. (gerührt): Freund, reichen Sie mir Ihr **Händel**.

Herr Isidor Cohn, ein Gelegenheitsdichter, trägt während eines Hoch=
zeitsschmauses ein von ihm verfaßtes unendliches Opus vor.
Herr Levy (unterbrechend): Aber, Herr Cohn, wie viel Strophen
hat denn Ihr Gedicht?
Cohn: Noch zwanzig Strophen.
Levy: Gott soll mich strofen.

Der Tenorist E. (zu einem Kritiker): Herr S., was würde ich
darum geben, wenn ich Ihr intelligentes Gesicht hätte!
Herr S. (trocken): Dann würde Sie Niemand mehr für einen
Tenoristen halten.

Herr Z., Musiker (zu Herrn R., Operettenschwärmer): Sie sind
doch auch ein großer Verehrer von Bach?
Herr R. (betonend): Offen gesagt — ja.

Zeitgemäßes Ehe=Gespräch.

Frau: Adieu, mein Lieber, ich geh' „skäten"!
Mann: Und ich geh' „skaten"!

In diesem freien Lande hat Jeder die Freiheit, einen Esel aus sich zu
machen. In einem deutschen Blatte las ich Folgendes: „Wie unwissend
mancher Amerikaner auf dem Gebiete der Musik ist, beweist ein uns zu=
gegangenes Concert=Programm. Steht da unter anderen Nummern:
Chorus and March from "Tannhauser"................Wagner-Liszt
Also der Herr „Manager" scheint nicht zu wissen, daß Wagner und
Liszt zwei verschiedene Personen sind! Welch' ein Esel!"
Wer?!

Auf einer Vieh=Ausstellung in Chicago.

„Well, Gentlemen, ich sehe, Sie seien zueinander „Strangers"! Erlauben Sie mir, Sie zu introducen: Mr. Schulze von dem „Calves"= — Mr. Müller von dem „Hogs"=Departement!"

Galgen=Humor.

Herr Z., ein bekannter, eifriger und hochgeschätzter Theoretiker auf musikalischem Gebiete, war durch ein heftiges rheumatisches Leiden an's Zimmer gefesselt.

„Ihre Theorie ist Ihnen in die Glieder gefahren", bemerkte sein Arzt scherzend.

„Und jetzt fährt mir noch Schlimmeres hinein — Ihre Praxis!"

In C. lebt ein bekannter Pianist, der sich nicht nur durch sein Spiel, sondern auch durch seinen Hang zum Dirigiren — quand même —, vor Allem aber durch eine der Sahara ähnliche Glatze auszeichnet.

„Sie erinnern mich stellenweise an Arditi, wenn Sie dirigiren," bemerkte ich nach einem Concert.

„Was Sie sagen!" rief der Dirigent geschmeichelt. „Doch weshalb stellenweise?"

„Am Hinterkopf!"

Ein deutscher Theater=Direktor in einer amerikanischen Stadt stellte vor Kurzem seine Zahlungen ein, natürlich in Folge des Mangels an Kunstverständniß, den jedoch nicht das Publikum, sondern er entfaltete. Während der jener für die Schauspieler traurigen Thatsache folgenden Vorstellung bemerkte Herr Eliasohn zu Herrn Jakobsohn: „Was sagen Se nur zu Frl. R. this evening? Sonst nebbich acted se ä so stiff wie e Stück Holz, und heit is se — wie soll ich mer expressen — ä so begagirt!"

„Nu," erwiderte Herr Jakobson, „of course is se heit begagirt, hat se doch nischt gekriegt de Gage!"

Kann hier wohl vorkommen.
(Während eines „Kaffeeklatsches" prominenter Deutsch=Amerikanerinnen.)

Frau X.: Ich begreife gar nicht, meine Damen, daß bei mir kein Dienstmädchen bleibt!

Frau Y.: Das sollten Sie doch begreifen.

Frau X.: Warum?

Frau Y.: Sie sind ja auch nirgends lange geblieben!

Während der Aufführung der neunten Symphonie von Beethoven in Chicago:

Frau H. (die Gemahlin eines prominenten Wirthes, zu ihrem Manne, der längst eingeschlafen war, ihn stoßend): Du, Hannes, jetzt fangen sie an zu singen.

Herr H. (jäh aufwachend): Schmeiß' sie 'raus!

Die Piano-Jungfrau.

Wenn eine Jungfrau, schon recht reif,
Sich sehnt nach einem Mann,
Sie seufzt und klagt: "Oh, such a life!"
Und sich nicht helfen kann,
Dann spielt sie wehmuthsvoll — wie närr'sch! —
Auf dem Klavier: "Prière d'une vierge".

Da endlich naht ein Freier sich.
— Der Freier Löwe heißt. —
Die Jungfrau müht sich fürchterlich,
Bis schließlich er wird dreist.
Da spielt sie und mit "abondon"
Von Kontsky: "Le reveil du lion".

Er eilt zu ihr an jedem Tag,
Ist zärtlich, Liebe schwört,
Doch sie zu fassen nicht vermag,
Daß er sich nicht erklärt.
Sie spielt mit Sehnsucht und mit Qual
Von Mendelssohn: "La marche nuptiale."

Und endlich spricht sie, da er schweigt:
„Wann endlich machst Du Ernst?
Wenn Du zu freien nicht geneigt,
Daß Du Dich gleich entfernst!"
Er geht, der Böse! — Quel malheur!
Sie spielt: Les cloches du monastère."

Und endlich ging sie — ach, aus Gram —
In's Kloster, ward dort alt.
Auch endlich ihre Stunde kam,
Sie lag entseelt und kalt.
Da spielt man ihr — c'etait la fin —
"La marche funèbre" de Chopin.

In der Oper.

Im „Tannhäuser".

Herr Kohn (zu Herrn Kahn): Gott, wie überwältigend! Was für 'ne entzückende Musik! Gehen Se mer weg mit de Jüden! Meyerbeer und Halevy genommen together zusammen haben osser gecomponirt eine einzige Melodie wie der Wagner. Gott, was 'ne Harmonie in be Accorde!

Herr Kahn (trocken): In Ihren bisherigen Accorden fand ich freilich mehr ein Haar als money!

(„Wolfram von Eschenbach" singt: „O Du mein holder Abendstern....")

Kleiderhändler Abendstern (zu seiner Frau): Sarah, hörst De? Gott, was for e Advertisement! „Levy Brothers" werden kriegen be Kränk!

In „Die Stumme".

Der vierzehnjährige Itzig (zu seinem Vater): Pa, warum singt die Eine nischt?

Vater: Chammer, weil sie ist stumm!

Itzig: Merkwürdig!

Vater: Worum merkwürdig?

Itzig: Daß se sich hat ausbilden lassen for be Oper.

In „Die Jüdin".

(Anfang des zweiten Aktes.)

Herr Mandelbaum (zu seiner Gattin): Rebekka — soll ich gesund sein — wahre, lebendige Matzes!

Frau: Schrei' nicht so! Bist De meschugge? Mußt De Der immer jüdisch expressen?! Warum sagst De nischt: „Ungesäuerte Brode!"

Mann: May be sennen se ungesäuert, aber gepfeffert sind se sure: Sechs koschere Dollars for zwei Sitze!

(Finale des ersten Aktes während des Marsches.)

Herr Schulze (zu seiner Tochter): Da schlag' aber Eener jleich lang hin, Rieke; det hätt'st De in Berlin sehen sollen! Sieben Pferde uff die Bühne ohne det Chor un's Ballet! Hier wie pover! Nicht mal der Leopold zu Pferd!

Rieke: Aber, Vater, der kann vielleicht nicht so hoch singen!

In der „Walküre".

Herr N. (prominenter Redakteur und Anti=Wagnerianer): Der Teufel soll diese ewigen Motive holen!

Stimme aus dem Publikum: Die ewigen Leitartikel auch!

In „Die Hugenotten".

(„Marcel" singt: „Eine feste Burg ist unser Gott!")

Herr K.: Was, dafür drei Dollars? — Das sing' ich selbst jeden Sonntag in der Kirche!

(Während der Schwur=Szene im zweiten Akt.)

Herr S. (zu einem Musiker): Weshalb spielt denn das Orchester nicht?

Musiker: Weil die Nummer a capella geschrieben ist.

Herr S.: Ja, wo bleibt denn die Kapelle?

(Duett im vierten Akt.)

Herr Meyer: Gott, Herr Professor, hören Sie nur das C!

Professor: Erlauben Sie, das ist Ces!

Herr Meyer: Dann ist es transportirt!

Professor: Aber ich bitte Sie....

Herr Meyer: Nu, was? Sie mit all' Ihrer Gelehrsamkeit into=niren mir noch lange nicht!

Im „Prophet".

(Nach dem ersten Akt.)

Wein=Importeur A.: Am meisten interessirten mich die drei Anabaptisten.

Herr B.: Natürlich, Sie sind ja selbst Wiedertäufer.

In der „Lucia".

Herr L....ff, mein russischer Freund aus St. Petersburg, wohnte einst einer Vorstellung der „Lucia" bei. Ich traf ihn nach derselben. Er war ganz begeistert.

„Wie kann man nur für das süßliche Zeug schwärmen?!" rief ich.

„Was kümmert mich die Musik," erwiderte er, „mich hat das Heimweh gepackt! Die „Lucia" wurde von der Nevada gesungen."

„Ich verstehe nicht, wie...."

„Unbegreiflich! Hatte ich nicht während des ganzen Abends die Neva ba?"

Im „Don Juan".

Ein in Ch. lebender Kapellmeister — ein recht streitsüchtig beanlagter Mann — ist ein eifriger Verehrer der alten klassischen Meister und zu gleicher Zeit ein heftiger Anti=Wagnerianer. Bei einer passenden Gelegenheit rief er aus: „Lassen Sie mich mit Wagner zufrieden! Die Götter, die ich verehre, sind: Bach, Gluck, Beethoven, Mozart, Haydn...."

„Vor allen Dingen Händel!" unterbrach ich.

„Gewiß, auch Händel! Doch warum: vor allen Dingen?" frug er erstaunt.

„Aber, Herr Kapellmeister, Sie wissen doch am besten, daß Sie stets Händel lieben!"

Im „Faust".

Nach einer Vorstellung der Oper „Faust" fragt auf dem Heimwege der Bankier Meier seinen jungen Sohn Jakob:

„Nu, was hat Der the best gepleased?"

„Der Gesang vom „Devil", Pa, im zweiten Akt."

„Wie haißt, Jacobleben, das is doch ä sehr schwere Melodie, die wirste doch nich haben behalten im Kopp?"

„Die Melodie? Offer! Aber die feinen Worte, Pa — ,Ja, das Gold regiert die Welt!'"

„Gott, was for ä Boy! Jacobleben, bleib' stehen, umarm' mer und geb' mer ä Kuß!"

„Künstlerheime."

Einst „beunglückte" ich die Bier=, Lehrer=Seminar=, Statbund=, Freidenker= und Künstlerheim=Stadt Milwaukee mit meinem Besuch. Da es stets meine Gewohnheit ist, mich mit den wirthschaftlichen Verhältnissen eines Ortes vor allen Dingen vertraut zu machen, so war ich bald mit den verschiedenen Erzeugnissen der Hauptindustrie von Deutsch=Athen innigst bekannt geworden.

Daß ich auf diesem wirthschaftlichen Streifzuge, dem Zuge meines Herzens folgend, endlich in dem sogenannten „Künstlerheim" landen mußte, um auch, nein — dort erst recht manchen kräftigen Zug zu thun, war selbstverständlich.

„Künstlerheim"! Welch' ein imposanter Name! Ich als Bewohner der fast zehnfach größeren Auch=Michigan=Stadt, der Stadt der meisten Grunzer, der schlechtesten Verkehrsmittel, der miserabelsten Postbeförderung, der "would be"=Weltausstellung schämte mich ordentlich, daß die Mil=

lionen=Stadt Chicago kein „Künstlerheim" aufweisen kann. Wie stolz und dennoch traut klingt dieses Wort! Es deutet nicht allein an, daß die betreffende Stadt eine Künstler=Colonie besitzen müsse, sondern auch, daß diese Künstler ein Heim besitzen, in welchem sie sich in gegenseitigem Verkehr heimisch fühlen. Zwar bemerkte ein witziger Thespiskarrenschieber in Milwaukee, das „Künstlerheim" sei nur ein Heim, in welchem „mehrschten= bheels" heimliche Künstler verkehrten, doch das ist natürlich nur ein Bonmot. Ich besaß keine Zeit und hätte sie mir auch nicht genommen, wenn ich sie gehabt hätte, zu ergründen, ob und bis zu welchem Maße die Bezeichnung „Künstlerheim" berechtigt sei, denn ich war — man entschuldige den Ausdruck — mit der „päbstlichen" Unfehlbarkeit des Vieres vollauf beschäftigt. Doch, wie schon erwähnt, es beschämte mich, daß in einer Stadt, in welcher eine Neebe=Verurtheilung, ein Cronin=Prozeß=Urtheil möglich sind, kein „Künstlerheim" ermöglicht werden könne, und ich beschloß, die Gründung eines solchen in Chicago anzuregen. So hielt ich denn nach meiner Rückkehr sorgfältige Umschau. Wohl füllte sich mein Verzeichniß mit Schauspielern, Malern, Pianisten, Geigern u. a. m., aber als ich des Wortes „Künstler" gedachte, da fing ich unwillkürlich an zu streichen, und da ich nur Wenige als Künstler 'rausstreichen konnte, so hätte ich dies fast mit Allen gethan. Um nur von den Pianisten zu sprechen: die Liste war wohl da, aber die „Liszte", selbst in kleinstem Duodez=Format, fehlten. Da kam ich denn auf eine sonderbare Idee. Wie wäre es, dachte ich mir, wenn man ein „Künstlerheim" in's Leben rufen würde, das nicht aus Männern besteht, welche etwas betreiben, das Kunst genannt zu werden verdient, sondern aus solchen, von denen man sagen könnte, es sei eine Kunst, daß sie Dieses oder Jenes betreiben! Und solche „Künstler" kann man auf Schritt und Tritt finden; in dieser Beziehung herrscht ja ein wahrer *embarras de richesse*. Betreten wir z. B. das Zeitungsgebiet, welche Prachtexemplare derartiger „negativer Künstler" finden wir da! Redakteure, welche nicht im Stande sind, einen einzigen „handunbfußlichen" Original=Artikel zu schreiben; Musik=Kritiker, die $3/4$ von $4/4$ Takt nicht unterscheiden können; Witzblätter=Herausgeber, deren einziger Witz in eben diesem Worte auf dem Titelblatte enthalten ist; sogenannte „Feuilletonisten", die wohl manches "*Feuille*" beschmieren, aber von dem Ton, welcher ein Feuilleton durchziehen soll, keine Ahnung haben, weil ihnen eben jede feuille= tonistische Begabung fehlt u. s. w. Dennoch redigiren sie — am häufigsten sind sie als „Sonntags=Redakteure" zu finden —; dennoch werden sie gekürt und dürfen zu einer Vorstellung wallen, um durch eine Kritik über „Walküre" die Manen Wagner's zu entweihen; dennoch schimpfen sie sich Satiriker und Humoristen; dennoch nennt sich so Mancher Belletrist, obgleich nur die letzte Silbe mit Zusatz eines „e" auf ihn paßt! Und diese

Herren sind in Folge von allen möglichen Gründen, nur nicht von denen ihrer Befähigung, im Stande, einen Stand — zeitlebens vielleicht — zu bekleiden, zu welchem sie nicht die geringste Berechtigung haben — sind das nicht „Künstler"? — Betreten wir das Gebiet der Musik. Da giebt es Klavierlehrer, die nicht fähig sind, mit ihren Schülern vierhändig zu spielen. Gesanglehrer, die selbst nie Stimmen-Behandlung erlernt haben, Vereins-Dirigenten, welche die einfachste Partitur nicht begleiten können — dennoch üben sie ihren pekuniär leider nicht verfehlten Beruf ungestraft aus, ja, sie verstehen es sogar, sich nicht nur einen Be-, sondern auch Ruf zu verschaffen. Sind das nicht „Künstler"?

Ich überlasse es den Lesern, derartige Künstlerschaft auf anderen Gebieten zu entdecken. Es dürfte ihnen nicht schwer fallen. Also auf, Ihr „Künstler" in allen den größeren Städten, in denen noch kein „Künstlerheim" besteht. Ihr „Künstler", die Ihr die Kunst versteht, einen Beruf, zu welchem Ihr absolut nicht berufen seid, auszu-, besser gesagt: zu verüben, gründet auf alle Fälle ein „Künstlerheim"! Ist nur ein Heim da, dann werden sich auch schon die Künstler finden. Ich wette, daß, wie die Grippe, überall, wo ein „Künstlerheim" besteht, plötzlich eine neue Krankheit, „Künstlerheimweh" genannt, wüthen wird.

Ein Familienabend.

(Skizze aus dem Leben eines Klavierlehrers.)

Hast du schon, lieber Leser, einen Abend in einer Familie, die viel Kinder und ein Piano besitzt, zugebracht, in welcher du langsam musikalisch umgebracht wurdest? Vielleicht — vielleicht auch nicht. Möglicherweise konnte dich eine solche Marter, ungeachtet des Besuches, nicht treffen, da dich die Natur mit unmusikalischen Ohren begabt hat. Wärest du jedoch zum Klavierlehrer bestimmt gewesen, dann hätte dich das Klapperinstrument oft zu derartigen Besuchen gezwungen, denn bekanntlich gehört ja Klappern zum Handwerk. Im Anfang deiner Laufbahn namentlich, welche ja dazu dienen soll, viele Schüler auf die Bahn der Läufe zu führen, zu einer Zeit, in welcher du den „Pupils" nachlaufen mußt, wirst du derartigen Besuchen nicht entgangen sein. Erlaube uns, dir eine kleine Skizze aus dem Leben eines angehenden, d. h. nach einer fremden Stadt verschlagenen Klavierlehrers zu unterbreiten.

Nehmen wir an, du wärest der betreffende Lehrer. Eines schönen Tages wirst du in einer Wirthschaft einem Herrn mit dem Sammelnamen Cohn vorgestellt. „Sie sein 'Peienoteacher', nicht wahr?" frägt Herr Cohn. Du bejahst. „Sie können mer geben the pleasure of your company some evening, wenn Sie haben time left zu übernehmen noch pupils. Ich möchte machen 'ne change." Selbststrebend hast du nur noch „einige Stunden unbesetzt", und es würde dich freuen, Herrn Cohn zu zeigen, was du leisten kannst. Am verabredeten Abend stellst du dich ein. Herr Samuel Cohn und Frau Rosalie Cohn mit fünf „Cöhnchen" besitzen und bewohnen ein schönes Haus an irgend einer fashionablen Avenue, in dessen „Parlor" selbstverständlich ein „Peieno" prangt. Manchmal ist es ein gutes Instrument, machmal ein herzlich schlechtes; das bleibt sich dir aber vollständig gleich: loben mußt du es auf alle Fälle. Oft ist es eines jener jämmerlichen Jammerkästen, wie sie in den östlichen Fabriken, für den sogenannten amerikanischen Markt bestimmt, verfertigt werden. Erst mußt du bir die Kaufgeschichte des „Peienos" anhören; du wirst informirt, daß der „Listprice" (Listpreis wäre auch richtig) C00 Dollars sei, daß der Verkäufer aber im Vertrauen erklärt hätte, momentan „hart ab" zu sein, und daß das Klavier, als „ä Bargain", erstanden wäre. Dann mußt du natürlich das „Peieno" probiren. Der Jammerwimmer ist natürlich keine 150 Dollars werth, aber das soll dich nicht abhalten, ihn zu loben, sonst wird Mr. Samuel Cohn künftig, ist von dir die Rede, mit wichtiger Miene behaupten: „Der? He was in my house; der versteht „offer" was!" Und Mrs. Rosalie Cohn wird während des nächsten Kaffeeklatsches, wenn die Sprache auf dich kommen sollte, in den Kuchen beißend, bissig bemerken: „I tell you, meine Damen, hab' ich doch ä feines Ohr for music, der Mann is ä Fraud!" Selbstverständlich also hast du das Instrument gelobt; dann mußt du etwas vortragen. Du spielst natürlich irgend eine Composition, welche, deinem Ermessen nach, dem Verständniß deiner Zuhörer angepaßt ist. Nachdem du geendet, fordert dich Mr. Cohn zu einem Glas Wein auf, den du natürlich, mag er gut oder schlecht sein, auch loben mußt. Er offerirt dir eine Cigarre, deren Güte er dir sammt Preisangabe betont, dann — dann beginnt die eigentliche Tortur.

Mr. Cohn ist Wagnerianer, das hat er dir erklärt, und, wenn er es dir nicht erklärt hätte, würdest du es an den Vornamen der fünf weiblichen „Cöhnchen" merken müssen. Dieselben heißen nämlich: Elsa Cohn, Ortrud Cohn, Senta Cohn, Brünhilde Cohn, Fricka Cohn. Wie herrlich — harmonisch! Das erinnert dich an einen Ausspruch Paul Lindau's, der einst in seinen „Bayreuther Briefen", als er von den drei Töchtern des Patronatsherrn und Berliner Bankiers Pringsheim, von Fräulein Wallgunde Pringsheim, Floßhilde Pringsheim und Krimhilde Pringsheim, schrieb, begeistert ausrief: „Das ist nicht mehr Judenthum in der Musik, das ist Musik im

Judenthum!" Doch natürlich mußt du deine Erinnerungen für dich behalten. Mr. Cohn läßt sich vernehmen: „Elsa, spiel 'mal dem Herrn Professor vor das „Lied von dem Abendstern". Eigentlich hätte Elsa irgend etwas aus „Lohengrin" spielen sollen, das wäre sinniger. Nun, unsinniger hätte nichts gespielt werden können, als dieses Lied „von dem Abendstern". Es würde uns nicht wundern, wenn Mr. Cohn den Mr. Abendstern für einen Componisten gehalten hat. Das Spiel der Miß Elsa Cohn war ungemein gleichmäßig — falsch, und das „Fine" war ein Glück. Nach der Elsa kam die Ortrud. Dieses Wunderkind hatte bereits zwei Jahre Unterricht, spielte aber bereits gerade so falsch, als ihre ältere Schwester, welche schon vier Jahre „geteacht" worden ist. Nach der Ortrud Cohn kam Senta Cohn an die Reihe, die erst zwei „Terms" genommen hat, die aber bereits auch schon die Ohren zu zerfleischen im Stande ist; dann kommt das vierte „Cöhnchen", das Brünhildchen, welches erst vor zwei Wochen angefangen hat, aber schon mit einem Finger das „Home, sweet home" — welch' eine Persiflage bei einer „solchen"! — klimpern kann. Nun denkst du, du hättest es überstanden, denn das fünfte Cöhnchen, das „Frickchen", kann kaum laufen. O nein! Mrs. Rosalia Cohn nimmt ihr Jüngstes auf den Arm, Elsa Cohn muß sich an's „Peieno" setzen, dem Wurm etwas vorspielen, und „das Wurm" muß, um sein musikalisches Gehör zu bekunden, das Gehörte — unerhört! — nachgröhlen. Dann mußt du dir noch ein „Four Hand Piece" von den beiden ältesten Mädchen anhören, doch das wirkt schon eher belustigend. Gleich nach dem zweiten Takt geht Miß Elsa Cohn, die rechts spielte wirklich nach rechts, die Ortrud Cohn, die „Linksseitige", ganz nach links, und ihre Wege blieben getrennt bis zum Schluß. Dem Ohre eines Chinesen hätte diese Musik höchst vaterländisch klingen müssen.

Nun ist es überstanden, jetzt endlich kommt die Belohnung, denkst du. Sie kommt auch, aber — wie! „Nu, was denken Se von meine Kinder?", frägt Mr. Cohn. Du wagst schüchtern, etwas von Vernachlässigung, schlechtem Unterricht zu bemerken. „Gott, that may be! Aber se haben doch Talent?" Selbstredend bejahst du die Frage. „Nu, siehst De, Rosalie, you remember what I told you? Mit Permission zu Dir müss' ich sagen, daß ich nichts halte von „Labyteachers"; ich hab' nie was d'rum gegeben! Deshalb hab' ich aufgemacht meinen Meind, zu nehme a Professor. Was werden Se mer chargen?" Du nennst deinen Preis. „Gott, du Gerechter! Das ist dreimal so viel, was ich hab' bezahlt bis jetzt! Das ist uns zu taier, nicht wahr Rosalie?" Madame bejaht, und du ziehst mit zerrissenen Ohren, um eine Hoffnung ärmer und um eine Erfahrung reicher, ab. Und deshalb mußtest du dir ein solches Concert anhören? Heiliger Wagner!

Die Kau=„Girl".

Sie schlägt die Augen Morgens auf —
Womit beginnt ihr Tageslauf?
Sie faltet nicht die Händchen fromm,
Sie greift zum Stückchen „Chewing = Gum" —
Und kaut, kaut, kaut.

Die Glock' schlägt zehn; sie nahm ihr Bad,
Dann warf sie sich in ihren Staat:
Doch ob sie plätschert in der Wann',
Ob sie sich kleidet, „Gum" hält an —
Sie kaut, kaut, kaut.

Um elf da naht ihr „Beau, the Dude";
Sie hält ihm hin die nasse „Schnut";
Der Kuß schmeckt „odd" mit Gummisauc',
Doch küßt er immerzu d'rauf los —
Sie kaut, kaut, kaut.

Beim „Shoppen", Klimpern, in der „Car",
Wo auch sie ist, wo auch sie war,
Ich glaube gar, auch wenn sie singt,
Der „Gum", er da ist unbedingt —
Sie kaut, kaut, kaut.

Das Mäulchen geht, wie bei 'nem Schaf;
Ich wette fast, sie thut's im Schlaf,
Und liegt sie endlich 'mal im Sarg,
Bewegt sie noch die Lippen arg —
Und kaut, kaut, kaut.

O Wiederkäuer = Engel du,
Mit Mundwerkzeugen à la Kuh,
— Man könnte „Cowgirl" nennen dich,
Weil eine Kuh auch sicherlich
Stets kaut, kaut, kaut.

Ich wünsch' dir, wirst du einst getraut,
'nen Gatten, der stets Tabak kaut;
Er kaut dir zu, du kaust ihm zu,
So sitzt ihr stets in süßer Ruh —
Und kaut, kaut, kaut.

Aus der Sprachstunde.

Lehrer: Was ist ein Hauptsatz?
Schüler: Du sollst reich werden!
L.: Was ist ein Nebensatz?
Sch.: Ganz gleich, durch welche Mittel.
L.: Was sind Gattungsnamen?
Sch.: Levy, Cohn, Meier, Müller u. s. w.
L.: Was sind Sammelnamen?
Sch.: Deutsche Gesellschaft, Monument, Piedestal, Hospital, Altenheim, Waisenhaus u. s. w.
L.: Nennen Sie mir persönliche Fürwörter!
Sch.: Sie waren, Sie sind und Sie bleiben ein Esel!
L.: Was sind Hülfs-Zeitwörter?
Sch.: Borgen, betrügen, spielen und stehlen.
L.: Was ist eine thätige Form?
Sch.: Ich haue; ich singe; ich rauche.
L.: Was ist eine leidende?
Sch.: Ich werde gehauen; ich werde angesungen; ich bin angeraucht.
L.: Was sind zusammengesetzte Eigenschaftswörter?
Sch.: Dummer Esel; miserabler Kerl; frecher Patron; oller Schafskopf; altes Kameel u. s. w.
L.: Was ist ein bestimmtes Zahlwort?
Sch.: Zurückgeben.
L.: Was ein unbestimmtes?
Sch.: Verlängern.
L.: Was versteht man unter vorwärtsweisenden Fürwörtern?
Sch.: Marsch 'naus! Gehen Sie zum Teufel! Dort ist die Thür! Clear out! u. s. w.
L.: Was unter zurückweisenden Fürwörtern?
Sch.: Kein Geld! Some other time! Is nich! Da kennen Sie Buchholzen schlecht! u. s. w.
L.: Welche Verhältnißwörter sind Ihnen bekannt?
Sch.: Mary, Annie, Tillie, Emmie, Nanny, Laurie.
L.: Nennen Sie mir verschiedene Bindewörter!
Sch.: Ehe, Wechsel, Bürgschaft, Indossement u. dergl.
L.: Welches sind die gebräuchlichsten Empfindungswörter?
Sch.: Donnerwetter! D... you! Ei weih! Jerusalem! Autsch!
L.: Was ist ein einfacher Satz?
Sch.: Kein „Jackpot".

L.: Was ist ein Anführungszeichen?
Sch.: Wenn Jemand Geld borgen und es sicher nach zwei Stunden wiederbringen will.
L.: Was ist eine Vergleichung?
Sch.: 25 Prozent.
L.: Was sind Trennungspunkte?
Sch.: Trunksucht, Grausamkeit, Untreue u. s. w.
L.: Was ist ein Wiederholungszeichen?
Sch.: Wenn man eine Ohrfeige bekommt, und der Andere noch einmal ausholt.
L.: Nennen Sie mir ein Grundwort in Verbindung mit dem Zeitwort „trinken"!
Sch.: Durst.
L.: Was ist ein Lesezeichen?
Sch.: Ein Eselsohr.
L.: Was sind Zeitwörter?
Sch.: Monthly Payments.

Einem sogenannten „Pessimisten"!

Was ficht Dich denn an, Du alberner Tropf?
Was grollst Du und hängst Du so traurig den Kopf?
So lange Du noch flott mitkneipen kannst,
So lange Du leicht noch die „Kater" verbannst,
So lang' Du Dich freu'st, wenn Tische gedeckt,
Das Essen Dir stets vortrefflich noch schmeckt;
So lange ein Weib noch entzücken Dich kann,
So lang' Du stolz noch Dich nennest — ein Mann!
So lange Du „Skat" flott und „Solo" auch spielst,
Am Gegner, der mauert, Dein Müthchen fein kühlst;
So lang' Du besuchst den Kiralfy allein
Und forderst 'nen Sitz, doch vorn muß er sein;
So lang' Dich noch freut ein harmloser Witz,
So lang' Du noch trägst mit Würde die „Spitz"'
Und „Affen" nach Hauf', ohn' Angst vor der Frau;
So lang' Du hast Haar, und wenn auch schon grau;
So lang Du noch prompt die Miethe bezahlst:
So lang' Du nicht reimst, Klavier spielst und malst:
So' lang hast Du Grund, daß glücklich Du bist —
Ein Esel bist Du, und kein Pessimist!

In mancher Gesangvereins-Probe.

Acht Uhr fünfzehn Minuten.
An einem „Bauer" sitzt ein Knabe, aber ein schon ziemlich alter, in einem der heiligen Männergesangskunst (auf Probe) geweihten Zimmer. Der alte Knabe ist der Dirigent. Er befindet sich in dem Zimmer allein und übt krampfhaft die Begleitung eines Liedes ein, das von seinen Sängern an demselben Abend zum ersten Male verübt werden soll.

Acht Uhr dreißig Minuten.
Der Herr Dirigent zieht seine nicht versetzte Uhr, deren Ersatz in Versatz=fällen stets die Stimmgabel bilden muß, hervor.

„Das ist doch unerhört!" murmelt er, noch einen falschen Accord an=schlagend, „um acht Uhr soll die Probe beginnen; jetzt ist's schon so spät und noch kein Mensch da!"

Der Dirigent ist von rührender Bescheidenheit. Er scheint sich selbst nicht unter die Menschen zu rechnen. Eigentlich hat er das Richtige getroffen, denn in gar vielen Fällen ist ein Dirigent wahrlich kein Mensch mehr, da er Unmenschliches leisten muß.

Acht Uhr vierzig Minuten. Da endlich —

    Hinein mit bedächtigem Schritt
    Ein Sänger tritt
    Und sieht sich stumm
    Rings um.

Wir haben obige Verse aus dem Handschuh geschüttelt und parobirt, weil zufällig der betreffende Sänger Löwe heißen könnte. Wie haißt? Warum soll er nicht Löwe heißen können? Ein stummer Sänger ist zwar ein ein unnützes Möbel, aber oft ein recht wohlthuendes. Die wohl=thätigsten stummen Sänger sind die, welche überhaupt nur noch angesungen werden, ohne sich revanchiren zu können, deshalb hat auch der Dichter die ergreifenden Worte, welche so oft an dem Sarge eines verblichenen Sanges=bruders erklingen, geschrieben:

„Stumm schläft der Sänger."

Acht Uhr fünfzig Minuten.

    Da öffnet sich behend
    Nochmals die Thür,
    Daraus rennt
    Mit kühnem Sprunge
    'ne Anzahl — 's sind Vier.

Neun Uhr. Da speit das doppelt geöffnete Haus
Gar sechs Bassisten auf einmal aus,
Die stürzen mit muth'ger Trankbegier
In die Eck' zum Bier.

Wie viele Leser wissen werden, ist bei manchen Gesangvereins = Proben das bewußte Fäßchen ebenso wichtig als das Piano, wenn es auch nicht den prominenten Platz in der Mitte des Zimmers, sondern bescheiden in einer Ecke einnimmt. Das bewußte Achtel oder Viertel, je nach der Prominenz des Vereins, weiß ganz genau, daß es den meisten Herren Sängern lieber ist, als die Achtel und Viertel, die sie auf dem gebulbigen Notenpapier vor sich halten, gar oft, ohne sie einzuhalten.

Neun Uhr fünf Minuten. Die Thür wird wieder geöffnet, und es erscheinen noch fünf Sangesbrüder.

„Meine Herren, nun können wir wohl beginnen", bemerkt der Dirigent schüchtern. Er übersieht seine Streitkräfte und muß leider viele seiner Sänger übersehen, weil sie eben nicht da sind. Traurig senkt er den Dirigentenkopf. Fünfzehn Mann hatte er beisammen, aber wie zusammengesetzt! Zwei im ersten, Fünf im zweiten Tenor, Sechs im ersten und Zwei im zweiten Baß. „Da soll nun ein Mensch probiren!" denkt der engagirte, aber nun innerlich enragirte Einpauker. „Wo sind denn heut' die Anderen?" frägt der Dirigent höflich. Der Verein zählt nämlich 24 Sänger. „Der Schulze und der Müller, die haben heute Preiskegeln." „Der Schmidt und der Lehmann, die sind heute beim Wirth X.; der feiert heute Geburtstag. Sie gehören zu derselben Loge." „Der Jansen und der Jensen, die sind zu „Onkel Bräsig" gegangen . . . ." So tönt es von verschiedenen Sängerlippen.

„Also Preiskegeln, Geburtstag und Onkel Bräsig", sagt der Dirigent. „Na, man tau!" fügt er verständnißvoll hinzu, „lat se man lopen. Die Sache wird schon schief gehen. Meine Herren, wir wollen heute mit der Einstudirung eines neuen Liedes beginnen, welches den sonderbaren Titel „Weh', daß wir singen müssen!" trägt. Ich ersuche Sie, sich nicht an den Titel zu stoßen und denselben nicht falsch aufzufassen . . . ." „Erlauben Sie," bemerkte einer der ersten Tenoristen, welcher nicht nur das hohe H, sondern auch Witz hatte, was bei Tenoristen gewiß eine Seltenheit ist, „wenn wir falsch auffassen und dann falsch singen sollten, so wäre das Ihre Schuld."

„Machen Sie keine faulen Witze! Hier war nur vom Titel die Rede. Was den Gesang anbetrifft . . . ."

„Wird er vortrefflich sein, wenn Sie uns lehren, richtig zu treffen," unterbrach der witzige Tenorist wieder.

„Nun genug der Scherze! An die Gewehre, meine Herren, oder vielmehr: Noten zur Hand!"

Neun Uhr fünfzehn Minuten.

Die Probe begann endlich. Verehrte Leserin, ich wende mich jetzt an Sie, denn Ihr Vater, Gatte, Bruder oder Sohn dürfte mit dem Nachstehenden vertraut sein. Haben Sie eine Idee, wie so ein neues Lied in so manchem Gesangverein eingeübt wird? Denken Sie sich, daß Ihr Sohn im Klavierspiel Unterricht erhalten würde, und nach einer geraumen Zeit spielte er Ihnen ein Stück vor. Sie ertappen ihn auf einem groben Fehler und richten die einfache bescheidene Aufforderung an ihn: „Aber so lies doch den Accord! Wie heißt denn die obere Note?" Und Ihr Sohn würde antworten: „Ja, Mama, das weiß ich nicht: ich kann keine Noten lesen," was würden Sie thun? Nun stellen Sie sich fünfzehn Sänger vor, von denen vielleicht ein einziger Noten lesen kann, denen die Bierpause die einzig bekannte Pause ist — Sie werden sich einen Begriff von der Art und Weise des Einstudirens machen können. Es ist eben kein Einstudiren mehr, sondern ein Eintrichtern.

„Nun, meine Herren vom zweiten Tenor, kann's losgehen. Also bitte!"

Was denken Sie wohl, geschieht jetzt? Glauben Sie, der Dirigent würde die Begleitung des Liedes spielen, während die zweiten Tenoristen singen? Ja, proste Mahlzeit! Was jetzt beginnt, kann man Einfingergymnastik nennen, denn der Dirigent hackt mit seinem Zeigefinger so lange auf den Tasten taktweise die Noten der zweiten Tenorstimme ab, bis er glaubt, daß die Sänger die Noten capirt haben.

Neun Uhr dreißig Minuten.

Mit den ersten Bassisten geschieht dasselbe.

Neun Uhr fünfundvierzig Minuten. Bierpause.

Aus den Kehlen fließt nichts mehr, sondern in die Kehlen. Nach dem Lehren (?) des Dirigenten kommt das Leeren des Fäßchens.

Zehn Uhr.

Die Operation an den zweiten Bassisten beginnt.

Zehn Uhr fünfzehn Minuten.

Die zwei ersten Tenoristen lassen sich hören. „Sie singen Ais", sagt plötzlich der Dirigent, „das ist ja A".

„Bei fünf Grad unter Null muß man ja Ais singen", antwortet der Witzbold. Allgemeines Halloh.

„Sie singen noch immer zu hoch, wenn auch nur um einige Schwingungen."

„Ja, wissen Sie, ich schwang mich heute zu einem gewissen „Bankier" empor und mußte ihm fällige Zinsen bezahlen. Daher meine heutige hohe Neigung."

Diesmal war das Halloh schwächer, weil der Witz nur von Einzelnen verstanden wurde.

Zehn Uhr dreißig Minuten.

„Nun, meine Herren, wollen wir das Lied zusammen probiren. Also: Weh', daß wir singen müssen....! Aber, meine Herren vom ersten Baß, Sie singen ja die Stimme des ersten Tenors! Und Sie ja auch im zweiten Tenor! Na, 's nächste Mal fangen wir wieder von vorne an. Für heut' genug. Die Probe ist zu Ende."

„Noch nicht!" ruft der Witzbold, „das Fäßchen ist noch nicht leer."

Elf Uhr.

Das Fäßchen ist endlich leer, das Probezimmer auch.

Elf Uhr fünf Minuten.

In der Wirthschaft unten sitzen der Dirigent und die fünfzehn Mann an vier Tischen und spielen Skat. Notenkenntniß und Kartenkenntniß — das sind zwei verschiedene Dinge, und in diesem Falle war die Eintheilung der Stimmen eine leichte.

Eine schillernde Liebesgeschichte.

Laura am Klavier spielte mit viel Resignation eine Leichenphantasie. Des Mädchens Klage in Tönen war das Geheimniß der Reminiscenz ihrer ersten Liebe. Als der Spaziergang sie einst durch die Gunst des Augenblicks an den Ort führte, wo sie, das Mädchen aus der Fremde, den Jüngling am Bache erblickte, die Begegnung, die erste, stattfand, da zog der Triumph der Liebe in ihr Herz ein. Sie, sonst die Unüberwindliche, Flotte war gebannt. Er war ihr die schönste Erscheinung als Mann, sie ihm das weibliche Ideal. Worte des Wahns strömten von seinen Lippen. „Götter Griechenlands", rief er, „das Spiel des Lebens wird oft das gemeinsame Schicksal zweier Menschen! An Dir kann man die Macht des Weibes erkennen. Werde die Meine, ich schwöre Dir deutsche Treue!" — „Und wer giebt mir die Bürgschaft, daß Du den Schwur halten wirst?" — „Trotz meiner Jugend meine Männerwürde!" — „Ich will Dir vertrauen, jedoch wie heißest Du?" — „Hektor, Graf von Habsburg. Und Du?" — „Laura."

Sie wurden ein Paar. In der ersten Zeit war ihr Dasein ein Elysium. Aber Erwartung und Erfüllung sind zweierlei. Hektor war flatterhaft. Die Entzückung an Laura währte nicht lange, und bald fing für sie der Kampf mit dem Drachen: Eifersucht an. Als einst der Abend herannahte, ertappte sie ihn, als er an Emma, ihre Freundin, einen Brief voll Liebe und Begierde schrieb. Laura war kein gewöhnliches Weib, sie war muthig wie das Mädchen von Orleans. Sie zog ein Stilet und erstach den Treulosen. Es war Hektor's Abschied.

Liebesbrief eines Liedersängers.

Angebetete Adelaide!

Herzliebchen mein, Du bist mein Engel! Du bist wie eine Blume: das Bild der Rose oder ein Tausendschön! Wann wirst Du das theure Vaterhaus verlassen? Ach, wenn Du wärst mein eigen, keine 500,000 Teufel könnten Dich von meiner Seite reißen. Ich harrte Deiner gestern an der Gartenmauer und brachte Dir deshalb ein maurisches Ständchen, aber Du, grausames Mädchen von Juda, kamst nicht. Immer dachte ich: Horch, horch, das sind ihre Schritte! Aber — es hat nicht sollen sein. Und ich hätte so gern in Deine Augen geschaut, denn Du hast die schönsten Augen. Wie gerne Dir zu Füßen säng' ich mein schönstes Lied! Wohin ich geh' und schaue, ob ich durch die Wälder, durch die Auen streife, denk' ich an Dich! Ach, wie ist's möglich dann, daß man so lieben kann? Versprich mir: Wenn die Schwalben heimwärts zieh'n, oder zieht im Herbst die Lerche fort, dann sagst Du zu mir: Reich' mir die Hand, mein Leben. Daß Du gestern nicht kamst — ich grolle nicht, mag der Himmel Dir vergeben! Aber bedenke stets: Einsam bin ich. Leb' wohl, Du meine Seele, Du mein Herz! Ich wollt', meine Liebe ergösse sich bis zu Dir und flüsterte Dir zu: Wie schön bist Du! Hoch vom Dachstein meines Hauses werde ich versuchen, Deine holde Gestalt im stillen Kämmerlein zu erspähen. Ich bitt' Euch, liebe Vögelein, auf Flügeln des Gesanges grüßt sie von mir! Gute Nacht, Du mein herziges Kind! Schlaf' wohl, Du süßer Engel, Du!

Dein

Wanderer.

Auf allerhöchste Ordre!
(Ein ergötzliches Stückchen Hans von Bülow's.)

Herr Hans von Bülow thronte einst
Gar stolz im Czarenlande;
Er leitete den „Russischen
Verein" am Newa = Strande.

Es war der vornehmste Verein,
Ein Großfürst war Direktor,
Und gar der Kaiser selbst, er war
Des Instituts Protektor.

's war während einer Probe, als
Hans klopfte mit dem Stöckchen,
Sein scharfes, feines Ohr, es hört':
Geschossen war ein Böckchen.

Probirt „Das Leben für den Czar"
Von Glinka wurd'. „Ich wette,
's hat Fis, nicht F," der Bülow rief,
„Die erste Clarinette!"

Der Clarinettenmann ward bös,
Auch konnt' er Hans nicht leiden;
„Es steht hier Fis, und das ist recht!"
So schrie er unbescheiden.

„So blies ich unter Glinka schon,
So werd' ich immer blasen...."
Doch plötzlich wurd' er mäuschenstill,
Denn Hans hub an zu rasen:

„Kreuzdonnerbombenelement!
Was wollen Sie beginnen?
Wer ist denn hier der Dirigent?
Mensch! Sie sind wohl von Sinnen?

Wie Sie es stets geblasen, das
Für mich ist wahrlich nichtig!
Sie blasen F, nicht Fis, denn F —
Verstanden?! — ist nur richtig."

Der Mann „blus" Trübsal kurz, dann F,
Blies F in allen Proben,
Doch dacht' er: Aufgeschoben ist
Noch lang' nicht aufgehoben.

An Großfürst Konstantin er schrieb,
Daß Bülow Rußland's Meister
Veränd're ganz willkürlich und
Bei jeder Probe dreister.

Der Großfürst, patriotisch sehr,
Geruht' gleich zu befehlen,
Daß Glinka man nicht ändern soll —
Da half halt kein Krakehlen.

Doch in der Generalprob' auch
Der Clarinetten-Alte
F blasen mußt'. Hans schrie: „Heut' noch
Ich hier als Höchster walte!"

Es naht's Concert. Der Großfürst prompt
In seine Log' sich setzte;
„Das Leben für den Czar", es war
Auf dem Programm das Letzte.

Doch eh's begann, verbeugt sich Hans
Vor großfürstlicher Stätte,
Dann wandte er sofort sich um
Zur ersten Clarinette

Und sprach: „Ich theile Ihnen mit
Und streng Gehorsam forder':
Sie blasen falsch heut' — Fis, statt F —
Auf allerhöchste Ordre!"

Zu wörtlich.

Eine köstliche Uebersetzungsblüthe leistete der Musik-Referent eines deutsch-amerikanischen Blattes, als er in einer Kritik das bekannte Orchesterwerk von Saint-Saëns „Danse Macabre" flott mit „Tanz der Makkabäer" übertrug.

Das Concert des Vereins "Brüllaffia".

Eine Kritik, wie sie nicht geschrieben werden darf.

In der durch ihre negative Akustik berüchtigten Halle des Turnvereins "Coeruleus", welche von dem sich in diesem Lande "Architekt" schimpfenden Zimmermann K. J. D. baufällig erbaut worden ist, fand gestern das erste sogenannte Concert des Vereins "Brüllaffia" statt. Das Concert war, wie man nicht anders erwarten konnte, ein musikalischer oder vielmehr unmusikalischer Massenmord. Das aus zehn Mann bestehende Orchester "Blasphemie" spielte unter der Leitung seines bekannten taktlosen Dirigenten, des Herrn O. W. Sechsachtelvoll, die Ouverture zum "Nachtlager" in einem Tempo, daß man wirklich die Lust, schlafen zu gehen, verspürte. Der Vortrag dieser Ouverture war keinen Kreuzer werth. Die zweite Nummer war der Chor "Gebet während der Schlacht", welchen "das" Chor "Brüllaffia" vorgab zu singen. Der im Gesang nie einige Verein hätte den Titel dieser Composition, dem Votrag entsprechend, umändern sollen in "Schlacht während des Gebets". So hätte der Name lauten sollen, denn nicht nur eine Schlacht — "ein Schlachten war's zu nennen", und die wenigen verständnißvollen Zuhörer beteten inbrünstig um ein baldiges Amen. Fräulein Sarah Nebbichgesang, deren Vater mit alten Kleidern handelt — weshalb sie eine Altstimme zu besitzen glaubt — füllte die dritte Nummer des Programms aus. Ja, die junge Dame füllte diese Nummer auch aus! Wenn auch nicht stimmlich, so doch körperlich, denn zweihundert und fünf Pfund dürften wohl zur Ausfüllung einer Nummer hinreichen. Was die Stimme an Umfang entbehrt, das ersetzt der Körper in vollem Maße. Sie sang eine Arie aus "Die Jüdin" (aus was soll sie denn singen?), die große Arie der "Recha" — nicht gerächt soll es an ihr werden! Wenn man etwas derartig Unerhörtes anhören muß, so möchte man sich selbst um sein Gehör bemitleiden. Kurz, der Vortrag der umfangreichen Dame war, wie das Geschäft ihres Papa's — secondhändig. — Herr Kratzbürst, der Dirigent des Vereins, trat alsdann hervor. Der Mann bildet sich ein, daß er ein Geiger sei, und geigt so, daß er sich heimgeigen lassen könnte. Er ist durch seine schlechten Streiche bekannt, er streicht ganze Nächte in den Wirthshäusern herum, wenn er es aber auf der Geige versucht, dann hat ihn auch ein Tauber auf dem Strich. Er spielte die "Elegie" von Ernst in einer Weise, die über den Spaß ging. Die Zu(lu)hörer applaudirten jedoch mit den "Lulutödtern" angeborenen immensen Tatschen, und Herr Kratzbürst, kaum daß die Elegie verstrichen war, strich schon wieder. Als da capo spielte er das Geigen = Solo aus "Orpheus in der Hölle" — er möge bald in ihr braten!

Nachdem Herr Kratzbürst ausgekratzt hatte, wollte ich dasselbe thun, aber es ging nicht, denn die Thüren, die einzigen Pforten des Heils bei derartigen Heulereien, wurden wieder geschlossen. Ein zweifaches Unglück, das Doppel=Quartett der „Brüllaffia" hatte begonnen. Vorher jedoch schlug der Dirigent auf dem Wimmerbrett einen Accord an. Wozu er das that, war nicht ersichtlich, denn die acht achtlosen Männer stimmten mit achtunggebietender Selbstverachtung in acht verschiedenen Tonarten an. Sie sangen ein Lied, betitelt: „Vorbei". Das „Vorbei" war wirklich schön, als es vorbei war. Frau Mießlinde Gröhlmeier, die sonst hoffnungsvolle, stimmlich jedoch hoffnungslose Gattin des Präsidenten, trug die bekannte Arie: „Mag der Himmel Dir vergeben" aus „Martha" vor. Diese „Martha"=Nummer konnte in der That eher eine Marternummer genannt werden, und als die mit den Händen und mit den Tönen ringende Dame — sie sang dramatisch — endlich ausgerungen hatte und von den Bewunderern umringt wurde, da seufzte ich: „Mag der Himmel Dir vergeben!" Fräulein Schmachtlalia Brachlieger trug alsdann die kürzlich erschienene Composition: „Das Gebet einer Jungfrau" auf dem Piano vor, welches, seitdem es aus der Arche Noah „gemutht" worden ist, nicht gestimmt worden war. Die Dame befindet sich, de nomine wenigstens, in der Titelrolle und befindet sich schon seit zwanzig Jahren in dem Alter zwischen zwanzig und dreißig. Sie trägt ihre alte Jungfräulichkeit mit Würde und obige Composition bei jeder Gelegenheit mit warmen, wenn auch mit falschen Tönen vor. „Das Gebet einer Jungfrau" soll ein Lied ohne Worte an die verstockten Männer sein; bisher leider ertönte es stets vergeblich. Die Männerherzen blieben so falsch wie ihr Spiel. Die Herren Gebrüder Plimplinger hielten die nächste Nummer besetzt. Sie trugen den Ländler aus der Oper „Tell" auf der „Kneipzange", genannt Zither, vor. Dieser „Tell" — 't is hard to tell — 's war toll! Herr Cäsar Fistelfritz, der Solo=Tenorist der „Brüllaffia", sonst Schneider — die Vereins=Tenoristen sind größtentheils Schneider — sang alsdann die große Arie des „Johann von Leyden" aus Meyerbeer's „Prophet". Auch das Leiden, welches der Leyden verursachte, habe ich ausgelitten. Zum Schluß sang der Verein noch das so selten gehörte Lied: „Weh', daß wir singen — wollte sagen: scheiden — müssen". Dieses „Weh'" „out of place altogether", denn kein Scheiden auf der ganzen Welt hat mir größere Freude bereitet, als das Scheiden von diesem Concert. In der Nacht hatte ich einen verrückten Traum. Ich träumte, daß die Legislatur ein Gesetz angenommen hätte, Kraft dessen ein großes Bundes=Zuchthaus erbaut werden würde. Dasselbe sollte für solche Vereins=Dirigenten errichtet werden, die, dem Gesetzbuch trotzend, sich nur mit Verbreitung falscher Noten befassen.

Das „Barkeeper"=Klavier.

Das vierbeinige, manchmal dreibeinige, meistens jedoch „ohnbeinige", oft unausstehlich wimmernde „Hausthier", Klavier genannt, hat nach und nach eine Riesenverbreitung gefunden. Dieses große Thier hat im Laufe der Zeit alle kleinen wimmernden Thiere aus den Wohnhäusern verdrängt und diesen letzteren sogar scherzweise seinen Namen angehängt. So nennt man z. B. die Guitarre das „Barberpiano", das Banjo „Niggerpiano", die Harfe „italienisches Piano", die Zither das „Schneiderpiano" u. s. w. Zu allen diesen sogenannten „Klavieren", die keine sind, ist seit ungefähr fünf Jahren ein neues „Piano" hinzugetreten, welches, den außerordentlich ausgedehnten w i r t h s c h a f t l i c h e n Verhältnissen unserer Stadt Rechnung tragend, immer mehr Verbreitung findet. Es ist ein Instrument, das nur e i n e n e i n z i g e n Ton von sich giebt, welcher Ton jedoch den Ohren seines Besitzers angenehmer klingt, als der schönste Klang auf irgend einem anderen Instrumente. Dieses „Klavier" steht nur in Orten, welche den Göttern Bacchus, Gambrinus und der Göttin Ceres geweiht sind, und heißt „B a r = k e e p e r = P i a n o". So angenehm der einzige Ton dieses Instruments den Ohren des „Saloonkeepers" klingt, so unangenehm klingt er häufig den Ohren des „Barkeepers". Es ist auch durchaus nicht angenehm, jedem Kunden diesen einen Ton vorspielen zu müssen, diesen Ton, welcher, ungeachtet seiner Monotonie („Moneytonie" wäre passender) für den Wirth das ganz schöne Lied aus „Czar und Zimmermann", das bekannte „Ja, ich bin klug und weise, und mich betrügt man nicht", für den „Barkeeper" aber das Volkslied „Ueb' immer Treu' und Redlichkeit" ersetzt. Man könnte sogar das letztere Lied, der Sprache anpassend, folgendermaßen parodiren:

„Ueb' immer Treu' und Redlichkeit
Bis an dein kühles Grab,
Und weiche keinen Finger breit
Vom „Bar=Klaviere" ab."

Das heißt mit anderen Worten: Registrire fleißig und richtig jeden Verkauf. Apropos dieses Registrirens, sollte dieses w i r t h s c h a f t l i c h e Instrument eigentlich nicht „Barkeeper = Piano", sondern „Barkeeper = O r g e l" genannt werden, denn, wie der Organist, so muß der „Barkeeper" fleißig registriren, nur mit dem Unterschiede, daß der Erstere die Register zieht, während der Letztere auf die Register schlägt. Es ist wohl unschwer zu begreifen, daß dieses Instrument für die Ohren der „Barkeeper" einen häßlichen Klang hat, namentlich für die Ohren aller ehrlichen. Denn dieses „Klavier", das für die unehrlichen unter ihnen — man sagt, es soll solche Ausnahmen geben — ein Mißtrauensvotum bleibt, ist für die ehrlichen eigentlich eine Krän=

kung. Jedoch diese Gambrinus-, Bacchus- und Ceres-Unterpriester mögen sich trösten! Klappern gehört nun einmal zum Handwerk und — mitgefangen, mitgehangen. Es ist aber allgemein Sitte geworden, daß der „Barkeeper" nach jedem geistigen Genusse des Kunden, b. h. nach dem „Berappen" für denselben, diesem etwas vorklimpern soll, und so muß eben Derjenige, welchem es sonst nie einfallen würde, falsches Spiel zu treiben, ebenso d'rauf los klimpern, wie der zu Mißgriffen geneigte. Also, klimpert nur zu, ihr Bar-Virtuosen! Zwar ist dieses „Bar = Klavier" für euch eigentlich ein „Barbar-Klavier", aber was wollt ihr thun? Eure „Bosse", die Herren „Oekonomen", glaubten nun einmal an diese ökonomische Einführung und — so müßt ihr eben auch daran glauben und den Kunden stets etwas vorspielen. Was nun dieses Vorspielen anbetrifft, so möchten wir den Herren Wirthen einen kleinen Wink geben. Das „Barkeeper-Klavier" kann so eingerichtet und verbessert werden, daß es nicht nur zur Regulirung des Pflichtgefühls der „Gentlemen behind the Bar", zur Controle seitens der „Gentlemen at the Bar" und des „Gentleman Proprietor of the Bar" dient, sondern zur Vermehrung der Einnahmen des zuletzt Genannten. Dies kann dadurch erzielt werden, daß man die Eintönigkeit des „Bar-Klaviers" aufgiebt. Es ließe sich doch mit dem Registriren der Verkäufe — bald hätten wir „Versäufe" geschrieben — ein Apparat verbinden, welcher zu gleicher Zeit ein kürzeres oder längeres Musikstück dem „Bar-Klavier" entlockt. Die Länge dieses Musikstückes müßte von der Höhe der an der „Bar" baar bezahlten Summe abhängen, z. B. „No music for a nickel and not for a dime!"
„With Two spent dimes
Begin the chimes."

Demjenigen also, welcher zwanzig Cents spendet, erklingt z. B. die kurze Melodie „Bier her, Bier her, oder ich fall' um!" Für einen „Kewoter" kann man schon „Die kleine Fischerin" hören; für einen „Hell of ä Dollar" ertönt die Melodie „Ja, das Gold ist nur Chimäre"; für einen ganzen „Koscheren" spielt das „Barkeeper-Klavier" einen Walzer, und wer sich einen Extra-Jur erlauben will, die ganze „Crowd" sammt Unkraut „treatet", dem erklingt der Marsch aus „Fatinitza" mit dem in diesem Falle so sinnigen Refrain: „Du bist verrückt, mein Kind!" Wir glauben, daß unsere Idee, das Angenehme mit dem Nützlichen zu verbinden, auf fruchtbaren Boden fallen sollte, und empfehlen wir dieselbe den Herren „Oekonomen" auf's Angelegentlichste. Würfeln, Lachsfangen, Sechsundsechzig mit und ohne Beschummeln, Pinocle, Euchre u. s. w. u. s. w. — alles Das ist schon veraltet, wirkt monoton und zu langsam. Unsere Idee ist deshalb so praktisch, weil dem Kunden Gelegenheit gegeben wird, sich nach Noten zeigen zu können. Nicht zu unterschätzen ist auch, daß dem „Gentleman behind the Bar" das ihm verhaßte Instrument den „eintönigen" Schmerz harmonisch lindern dürfte.

Prof. Moll und der Indianer.

Prof. Moll saß eines Abends in einem lustigen Kreise in dem bekannten Fehn'schen Lokale. Er war damals — ich glaube, es war im Jahre 1875 — noch ganz „grün", ungefähr drei Wochen in Amerika. Die Gesellschaft bestand aus lauter lustigen Brüdern, die sich, flott zechend, prachtvoll unterhielten. Selbstverständlich waren Alle, als die schwere Sitzung lange nach Mitternacht endlich aufgehoben wurde, etwas voll — so auch Moll. An der nordwestlichen Ecke der Nord=Clarkstraße befand sich zu jener Zeit ein Cigarrenladen. Vor demselben hielt, wie vor allen Cigarrenläden, der übliche Indianer Wache. Moll „fühlte" gut. „Meine Herren," schnarrte er, „ich will jetzt einmal einen Jur machen. Der Cigarrenmann kann seine hölzerne Wache, wenn er den Laden wieder öffnet, suchen. So ein Indianer will auch eine Abwechselung haben." Mit diesen Worten fing der kleine, dicke Moll an, die Figur auf dem Seitenwege in nördlicher Richtung zu rollen. Es war eine höchst komischer Anblick. Alle lachten. Moll und der stumme Wilde nebst Gefolge waren an der Ecke der Ontario = Straße angelangt, da trat plötzlich ein „Nightwatchman" auf Moll zu: „Stop! What is the matter with this Indian?" Dem „grünen" Moll kam das Englische damals selbstverständlich noch höchst spanisch vor. „Was will der Kerl?" frug er mich. Ich übersetzte. „Ja, was geht denn das Den an?" Der Herr „Nightwatchman" wurde jedoch ungeduldig. „Now, I want you to remove that Indian back to the same place, where you took him from, and d.... d quick!" Moll verstand zwar wieder nicht, wurde aber durch den barschen Ton sehr verblüfft. „Warum schreit er denn so, was ist denn los?" Ich übersetzte wieder. „No Sirie!", rief er aus. Damit waren seine englischen Sprachkenntnisse erschöpft. „Now, I tell you, Sir," schnauzte ihn nun der Mann des Gesetzes an, „if you don't obey I'll take you to the station!" Bei diesen Worten legte der „Officer" seine Hand auf Moll's Schulter. Dem Mollchen wurde Angst. „Was hat er gesagt?" „Er bringt Sie ins Loch," übertrug ich frei, „wenn Sie den Indianer nicht wieder an seinen Platz rollen." Was wollte er thun? Es war eine traurige Rolle, die er da in's Leben rufen mußte, aber er rollte, und rollte, bis er und der Wilde ausgerollt hatten. Der Ordnungsmann entfernte sich zufriedengestellt. Wir amüsirten uns königlich; Moll aber erhob seine künstlerische Rechte nach vollbrachtem Rollen gen Himmel und rief mit seinem schnarrenden Pathos: „Und das nennt Ihr ein freies Land?!"

Der sparsame Capitain.
Deutsch-Amerikanische Romanze.

Der Captain Mike McGarrington
An eine „Bar" einst trat
Und rief: „Verteufelt heiß heut', John,
Es sind wohl neunzig Grad!

Ich schwitz' wie toll, b'rum mach' nur fix —
Don't let me wait an hour —
Doch very careful sie mir mix'
Zwei gute Whiskey Sour!"

Verwundert blickt der John ihn an,
Als wär' der Mensch ein Narr;
„Was zauberst Du denn, junger Mann,
Und schaust mich an so starr?" —

„Zwei Whiskey Sour?" John b'rauf spricht,
„Sie sind ja ganz allein;
Soll ich mit trinken? Darf's ja nicht,
Take Seltzer nur und Wein."

Der Captain b'rob gar herzlich lacht
Und ruft: „Nimm's mir nicht krumm!
Du glaubst, hast Du die ‚Drinks' gemacht,
Daß ich Dich ‚treat'"? — Zu dumm!

Ich bin jetzt sparsam, und ich weiß,
Wenn einzeln ich bestell',
Ich zweimal fünfzehn Cents als Preis
Bezahl'; — I know it well!

Doch macht man beide ‚Drinks' zugleich,
Zahl' ich 'nen ‚Quarter' nur;
Auf diese Weise wird man reich,
I save a nickel sure!"

Der John ruft: "Well, sir — I should smile!
Ein Mann, der so erspart,
He must save money, and a pile —
Das nenn' ich doch noch smart!"

Die Säuerlinge mixt nun John,
Das Glas enthält gleich zwei;
Die Sache macht ihm gar viel Fun —
Da ist nun nichts dabei.

Der Captain ausgetrunken hat,
Doch hat er nicht genug;
Im Trinken ist er Nimmersatt,
Es ist sein schönster Zug.

Der John, der mixt und mixt d'rauf los,
Doch immer zwei zugleich;
Der Captain fühlt schon ganz famos
Und pappelt dummes Zeug.

Er preist die Größe des Talents,
Durch das die ‚Drinks‘ er paart;
So hätt' er baldigst fünfzig Cents
Auf diese Weis' erspart.

Ein Jeder rechnet leicht wohl aus,
Wieviel der Captain trank;
Sein Weg spät Abends bis nach Haus
War schon mehr Schwank als Gang.

Was nützt' sein Sparen? 's waren, ach!
Die Taschen Morgens leer;
Und als sein ‚Monkey‘ wurde wach,
Da hatt' er — cat's despair!

Verzeihliche geographische Irrthümer.

Lehrer: Was versteht man unter einer heißen Zone?
Schüler: St. Louis und Cincinnati.
L.: In welchem Lande liegt Jerusalem?
Sch.: In allen Ländern.
L.: Woher stammt der Astrachaner Caviar?
Sch.: Von der Elbe.
L.: Wo liegt die Wüste Sahara?
Sch.: In New-York am Sonntag.
L.: Was wissen Sie von Athen?
Sch.: Es ist in Wisconsin gelegen und produzirt viel Bier.

L.: Warum nennt man Chicago die Gartenstadt?
Sch.: Weil die nettsten Pflanzen dort gedeihen.
L.: Welchen Einfluß übt der Mond auf unsere Erde?
Sch.: Den, daß das Gas auf den Straßen nicht angesteckt wird.
L.: Wodurch wird der Unterschied der Tageslängen begründet?
Sch.: Durch das Kneipen.
L.: Welcher Berg in Amerika ist der bekannteste?
Sch.: Bergh, der Thierbeschützer.
L.: In welchem Staate der Union herrscht das regste g e i st i g e Leben?
Sch.: In Kentucky.
L.: Welches Land hat die drückendsten w i r t h s ch a f t lichen Verhält=
nisse?
Sch.: Amerika.
L.: Wie heißt der berühmteste Schlachtort in den Vereinigten Staaten?
Sch.: Chicago.
L.: Welche Insel ist die bedeutendste in Amerika?
Sch.: Die grüne.
L.: Welches Land zeichnet sich besonders durch seine Fruchtbarkeit aus?
Sch.: Utah.
L.: Woher kommt der Havanna = Tabak?
Sch.: Aus Connecticut.
L.: Was ist ein Horizont?
Sch.: Wenn Etwas darüber geht.
L.: Wie heißt das Todte Meer sonst noch?
Sch.: Der Atlantische Ocean, d. h. wenn er von der Flotte der Ver=
einigten Staaten befahren wird.
L.: Wo leben die meisten Affen?
Sch.: Unter den deutschen Studenten.
L.: Wo sind die Kaffern zu Hause?
Sch.: Ueberall.

„Ideal".

In einer großen Stadt des Westens ist kürzlich ein Club ins Leben gerufen worden, in welchem sehr viel musicirt werden soll und auch in der That riesig „gespielt" wird. Als in einer Gesellschaft von diesem Club die Rede war, und Jemand seine Verwunderung über den Namen desselben aussprach, der hochanspruchsvoll „Ideal = Club" lautet, äußerte ein Witzbold: „Ich finde diese Benennung eines Clubs, in dem das „I deal" so oft gehört wird, ungemein treffend."

Am Wagnerabend beim gläubigen Thomas.

Nein, so viele Wagner=Verehrer! Ich hätte es nicht gedacht. Daß solche Motive diese nach Tausenden zählende Menge in das Conzertgebäude leiten, und daß die unendlichen Melodien so unendlich viele Anhänger nach sich ziehen würden, versetzte mich in starkes, sinnend=stummes Staunen. Und welche verständnißinnige Begeisterung herrschte überall! Ich traf Herrn X. nach dem ersten Theil. Herr X. bekleidet in doppeltem Sinne des Wortes eine hervorragende Stellung, denn er ist ein bedeutender „merchanttailor". Ich habe Herrn X. niemals für einen Wagnerianer gehalten. So oft ich das Glück hatte, ihm zu begegnen, hielt er es für seine Pflicht, mir seine Verehrung für Musik durch das Summen von Melodien aus „Boccaccio", „Fatinitza", „Glocken von Corneville" u. s. w. zu beweisen. Auszüge aus Wagner'schen Werken hatte er noch nie gesummt; freilich Wagner, namentlich der letzten Periode, summt man nicht so leicht. Er ergriff meine Hand mit verständnißvoller Wärme. So war auch ich ergriffen. Die Begegnung mit Bekleidungskünstlern wollener und lederner Art ergreift mich stets. Man weiß nie, welche Stellung im Leben man bekleiden wird, und herzliche Höflichkeit kleidet immer.

„Nein, mein lieber Professor" — er nennt mich stets so, trotz vielfacher Rüge — „ist das nicht herrlich? Diese Musik! Wo bleibt da Meyerbeer, Mendelssohn, Halevy und wie sie Alle heißen!"

„Ei, ei, Herr X., solche Begeisterung...."

„Aber ich bitte Sie, Professor, diese Venusbergmusik aus „Tannhäuser", das Wolframlied, das Finale des ersten Aktes aus „Lohengrin" mit den mächtigen Baßfiguren, dieses ächt deutsch=sinnige Spinnlied in Senta's Gemach aus dem „Holländer"! Ist das nicht großartig?!"

Ich war sprachlos vor Erstaunen. Woher dieses Wissen? Auf dem Programm stand: „Bacchanale" und „Lied an den Abendstern"; von Senta und mächtigen Baßfiguren war nichts zu finden. Sollte Herr H. heimlich Wagner studirt haben? Ich mußte auf den Zahn fühlen.

„Ja, Sie haben Recht! Es ist großartig! Und diese gewaltige Holländer=Overture?...."

„Gewaltig! Das ist das richtige Wort," fiel Herr X. ein, „gleich am Anfang dieser mächtige Eindruck der offenen Quinten! Was sagen Sie nur zu diesen offenen Quinten?"

Ich war starr. Ich hätte nicht starrer sein können, wenn mir Jemand gesagt hätte, daß Deutschland Republik geworden sei. Mein Freund X. schwärmte für offene Quinten! Das ging nicht mit rechten Dingen zu. Ich mußte klar sehen.

„Ja, wissen Sie denn auch, warum diese Quinten so mächtig wirken? Ich will es Ihnen sagen. Sehen Sie, im Thomas'schen Orchester dürfen die Geiger nur ächte Stradivarius=Instrumente benützen; ist es da ein Wunder, daß die Quinten so mächtig klingen?"

„Ach, was Sie sagen. Also die Ouverture zum „fliegenden Holländer" fängt mit offenen Stradivarins=Quinten an. Danke für gütige Aufklärung, lieber Professor, das werd' ich mir merken!"

„A propos, lieber H., sind Sie hier allein?"

„Nein, ich bin in Gesellschaft des Herrn Dr. W. und Gemahlin. Sie kennen doch die Dame? Spielt sie nicht herrlich?"

Das Venusberg=, Senta= und Quinten=Räthsel war gelöst. Herr H. war ein aufmerksamer Zuhörer.

„Sagen Sie mal, lieber Professor, was ist das für eine Faust=Ouverture, die als erste Nummer der zweiten Abtheilung gespielt wird? Ist das die zu seiner Oper „Faust"?"

Ich merkte die Absicht wohl. Herr H. wollte gern, wie bei mir, mit seinen musikalischen Literaturkenntnissen bei der Frau Doctorin glänzen. Dem Manne sollte geholfen werden.

„Sie haben doch schon die Oper „Faust" gehört?"

„Nun natürlich, aber die ist doch von Gounod?"

„Gewiß, aber Sie wissen, daß Goethe zwei Theile des „Faust" gedichtet hat. Gounod hat den ersten Theil in Musik gesetzt; Wagner allein konnte sich an den zweiten Theil wagen, und das ist dessen Ouvertüre."

„Nein, wie Sie das Alles wissen. Sagen Sie mal, lieber Professor, was halten Sie von dem „Charfreitag=Zauber" aus Parsifal?"

„Grandiose Composition, jedoch nicht mit dem Grünbonnerstag=Zauber desselben Meisterwerkes zu vergleichen."

„Ach was Sie sagen? Das möchte ich mal hören."

„Ueberhaupt die ganze Charwochen=Musik aus „Parsifal" ist überwältigend."

„Alles das jedoch verschwindet bei den Klängen des Trauermarsches aus der Götterdämmerung."

„Finden Sie aber nicht, daß derselbe sich stark an den Mittelsatz des Chopin'schen anlehnt?"

„Ja ganz am Schluß, wo es ganz leise klingt. Und die zwei kurz auf= einander folgenden Paukenschläge. Wie großartig!"

„Ja wissen Sie auch, was die bedeuten?"

„Nein, bitte, sagen Sie es mir."

„Das ist die Nachahmung der Kanonenschüsse, die damals an der Leiche Siegfried's abgefeuert wurden."

„Ist's möglich? Aber noch eine Frage. Erklären Sie mir, bitte, wie kommt es, daß Wagner dem Monarchen Wilhelm I. zu Ehren, an dessen Hofe er durchaus nicht beliebt war, den Kaisermarsch geschrieben hat?

„Darin besteht eben der Irrthum. Der Marsch wurde durchaus nicht dem Kaiser Wilhelm zu Ehren componirt. Die Sache verhält sich ganz anders. Richard Wagner schwärmte stets für ein großes, einiges Deutschland. Als nun dem Könige Friedrich Wilhelm IV. die Kaiserkrone angeboten wurde, da machte sich Wagner an diese Composition. Durch die Weigerung des Königs wurde die vollendete Arbeit, in welcher, wie Sie wissen werden, der Meyerbeer'sche Choral aus den „Hugenotten"...."

„Richtig. Den der Marcel singt: „Eine feste Burg"...."

„Getroffen. Also die Composition, in welcher der Meyerbeer'sche Choral so glänzend verarbeitet worden ist, wurde unbrauchbar. Erst als König Wilhelm die deutsche Kaiserwürde angenommen hatte, wurde derselbe Marsch von Wagner aus seinen zurückgelegten Manuscripten hervorgeholt."

„Besten Dank, lieber Professor, für die gütigen Aufklärungen. Nun muß ich aber eilen. Der zweite Theil wird bald beginnen. A propos, sagen Sie mal, glauben Sie, daß die Frau Doctorin über alles Das so genau, wie Sie, unterrichtet ist?"

„Im Vertrauen gesagt, lieber X., glaub' ich's nicht."

„So nun, good bye, lieber Professor."

„Nein, besser gesagt, good Baireuth! lieber X."

Beglückt eilte er fort. Was wohl Frau Doctorin W. zu dem Grünbonnerstag=Zauber und den Meyerbeer'schen Choral gesagt haben wird?

Skatfragen.

Warum ist das Skatspiel so **reizend**? Weil man sich so gern **reizen** läßt.

Welche Farbe im Skatspiel ist Trumpf im Brautstand? H e r z.

Welche in der Ehe? K r e u z.

Weshalb gleicht ein Humorist einem „N u l o u v e r t?" Beide müssen **aufgelegt** sein.

Warum hätten eigentlich die B ö h m e n das Skatspiel erfinden sollen? Weil ja doch die W e n z e l eine so bedeutende Rolle in demselben spielen.

Weshalb ist eine schon zweimal verheirathet gewesene Frau zwei Skatbrüdern ähnlich? Sie sucht auch „d e n D r i t t e n".

Warum ist ein Spieler, welcher keinen einzigen Stich bekommt, wie ein Neger? Beide sind s c h w a r z.

Weshalb sind viele Weinhändler wie Skatspieler? Weil sie mi sch e n.
Warum gleicht ein Verstorbener einer Vorhand? Beide haben a u s =
g e s p i e l t ?
Warum sind kinderlose Ehemänner und alte Junggesellen gewöhnlich
enragirte Skatspieler? Weil es die einzige Art und Weise ist, wie sie und
sogar im U m w e n d e n zu einem J u n g e n kommen können.
Wann wird der Skat ein sehr schlechter Witz? Beim „Z a u b e r w i tz".
Auf welche Weise kann man ein dreifacher M a u r e r werden? Wenn
man e i n e r ist, zu einer „Free Mason Lodge" „belangt" und als ein
vorsichtiger S k a t = M a t a d o r gilt.
Warum gleicht eine alte Jungfer einem Solo, in welchem nur der
S ch üp pe n = W en z e l enthalten ist?. Weil sie Beide o h n e E i n e n sind.
Weshalb ist ein Skatspieler, der eine Farbe zugeben muß, einem reuigen
Verbrecher ähnlich? Beide b e k e n n e n.

Winke für Liebhaber importirter Biere und Weine.

Es trinke der Bankier.................................Erlanger
„ der Pfarrer............. .. ..Kapuziner
„ der deutsche Monarch.st ....Bremer Kaiser
„ der Sünder.....................................Salvator
„ der Advokat...............................Dreher
„ der Judenhetzer................................Christiania
„ der Kapitalist.....................Actien = Bier
„ der Idealist.........................Waldschlößchen
„ der Schweigsame...Mumm
„ der Schwerenöther.................................Herzbrucker
„ der Spielwaaren=Händler.....................Nürnberger
„ der Schroffe..............................Rüdesheimer
„ der trauernde Hinterbliebene.................Beve Cliquot
„ die junge Mutter............................:Liebfrauenmilch
„ der Schneider.............. .... Lafitte
„ der Hausknecht..Porter
„ der Neger................................Culmbacher
„ die Negerin.........................Black Rose
„ der Auswanderer.........................Grüneberger
„ die Halbwelt=Dame ....Half-and-Half
„ der Todes=Candidat ....Hergottsacker
„ der Chinese...................Cliquot, Yellow, Label
„ der Eisenbahn Präsident............ ....Heidsieck, Monopole
„ der Irländer.......................Zeltinger
„ der Aristokrat.............................Hochheimer
„ der Keusche.........................Josefshöfer
„ der Thurmwächter....................Château Latour

Reporter-Lied.
(Nach bekannter Melodie zu singen.)

'S giebt kein schön'res Leben
  Als 's Reporter-Leben,
Das weiß jeder Mensch wohl hier zu Land.
  Bis drei Uhr am Morgen,
  Freudig, ohne Sorgen,
Schafft man täglich glücklich unverwandt.

  Selbst am Sonntag schreiben
  Darf man und vertreiben
Sich die Zeit gar geistvoll im Verein,
  Schließlich falsch berichten
  Schmeichelnd plump Geschichten —
'S ist ein herrlich, herrlich-edles Sein!

  Stets man muß beflissen
  Alles, Alles wissen,
Wenn man auch nicht blasse Ahnung hat,
  Scheidungs-, Mord-Prozesse,
  Sonstige Excesse,
Die passiren täglich in der Stadt.

  Aber auch am Abend,
  Sein Gehör (?) sehr labend,
Man „Walküre" kritisch hören muß.
  Ohn' es zu verstehen,
  Muß man doch hingehen,
Wissend Blödsinn schreiben — welch' Genuß!

  Hat der Tom O'Nolan
  Einen Rock gestohlen,
Und man bracht' sie nicht, die grause That,
  Schimpft der „City-Fritze",
  Schleudert Zornesblitze
Gegen den Reporter rabiat.

  Sitzt man froh am Tische,
  Fern dem lieben „Wische",
Und im Freundeskreise flott man trinkt,
  Da im besten Sitzen
  Rasseln Feuerspritzen,
Man muß eilen hin ganz unbedingt.

  Einer uns'rer Freunde
  Von der Tisch-Gemeinde,
Der bewirbt sich auch 'mal um ein Amt.
  Doch ihm droht Vernichtung,
  Weil er and'rer Richtung;
Von dem „Päper"-Herrn die Order stammt,

Daß man ihn beschimpfe,
Täglich verunglimpfe,
Lüge über ihn, was 's Zeug nur hält;
Das als Freund verfassen
Muß man, 's Unterlassen
Kosten möcht die Stellung — und kein Geld!

Giebt's ein schön'res Leben
Als 's Reporter=Leben?
Geist'ges Lastthier ewig bleibt man nur.
Herrlich und in Freuden
Kann man sich b'ran weiden
'S ganze Leben! Vorwärts? — keine Spur!

Fürstlich die Saläre,
Unbefleckt die Ehre,
Und stets freie Fahrten auf den „Cars".
Jeden Samstag immer
Scheint des Glückes Schimmer:
Wochenlohn in zweimal neun Dollars.

Deutsch=amerikanische „Affen"=Eintheilung.

Nicht von Affen,
  Die erschaffen
Von der Natur
Sei hier die Spur,
Sondern nur von jenen Thieren,
Die durch geistvolle Manieren
Bildlich hier,
Schaffen wir.

Es giebt wohl kein Land auf dieser Welt, mit ihren bringenden und „trinkenden" Bedürfnissen, in welchem so mannigfaltige „Affen" herum= wimmeln, als die Vereinigten Staaten. Es giebt ja auch kein Land auf de Erde, in welchem so mannigfaltige Getränkearten herrschen. Die „Gentlemen of the Bar", die Herren Advokaten, bedürfen oft weniger Kenntnisse, um ihren häufig unberufenen Beruf ausüben zu können, als die „Gentlemen behind the Bar". So verwickelt auch manche Fälle, „Barmembern" anvertraut, sein mögen, vielseitiger „gemixt", als die, welche den „Bar= tendern" anvertraut werden, können sie nicht sein. Jedoch — zur Sache. Die bildlichen „Monkeys" theile ich in diesem Lande in drei große Klassen ein. I. Die Schnapsaffen *Quadrumana Aquae Vitae.*) II. Die Weinaffen (*Quadrumana Vini*). III. Die Bieraffen (*Quadrumana Cerevisiae*). Die erste Klasse ist in diesem Lande die stärkste. Sie zerfällt in zwei große Abtheilungen: 1) Gerader Affe (*Straight Monkey*) und 2) Gemischter Affe (*Mixed Monkey*). Erstere Abtheilung kann man in folgender Weise abstufen: a) Der „Fifteen Cents oder *Two for a Quarter*-Affe", b) Der „Dime=Affe", c) Der „Rot Gut Affe", d) Der „Pony=Affe". Letztere Abtheilung zerfällt in unzählige Gattungen, von denen nur die bekanntesten erwähnt werden sollen: a) Der „Cocktail=Affe", b) Der „Whiskey Sour=Affe", c) Der „Gin Fis Affe", d) Der Rum Punch Affe" u. s. w. Alle diese Affen sind sehr gemeiner Natur und sind deshalb äußerst bei Irländern beliebt. Der communste unter ihnen ist von einer ganz kleinen Sorte, genannt „Der Nightcap=Affe", welcher als Eule unter den „Monkeys" gelten kann, denn, wie diese, wacht er Nachts und schläft am Tage. Die zweite Klasse, aus den „Weinaffen" bestehend, ist bedeutend vornehmer. Sie zerfällt auch in zwei große Abtheilungen: 1) Die importirten Affen und 2) Die hiesigen oder „Domestic"=Affen. Zu den ersteren gehören: a) Der Rhein=affe, b) Der ungarische Affe, c) Der Champagner=Affe. Der Rheinaffe zeichnet sich oft, ungeachtet seiner Benennung, durch Unreinheit aus und wird dann „Verschnittener Affe" benamst. Die bekanntesten Rheinaffen sind: Johannisberger, Ruppertsberger, Rauenthaler, Deidesheimer, Binger u. s. w. Der am meisten verbreitete ungarische Affe ist der Tokayer, welcher den N a ch = a h m u n g s t r i e b der Affen am besten illustrirt, denn er wird am meisten n a ch g e a h m t. Der Champagner=Affe besteht aus verschiedenen Gattungen, von denen die bekanntesten sind: Der Pomery, Heitzig, Mumm, Cliquot, Röderer u. s. w. Sie sind zwar die theuersten, deshalb auch die vornehmsten, jedoch auch die gefährlichsten Affen. Man könnte sie die „g e s ch w o l l e n e n Affen" nennen, weil sie meistens nur bei „G e s ch w o l l e n e n", beliebt sind, die denn auch für ihre „G e s ch w o l l e n h e i t" oft schwer büßen müssen, indem früher oder später ihre Gliedmaßen stark g e s ch w o l l e n werden. Wenn diese Gattung Affen ein höheres Alter erreicht hat, nennt man sie auch „Gicht"= oder „Podagra=Affen"; in jüngeren Jahren sind sie recht possirlich und heißen „Zipperlein". Die zweite Abtheilung der „Wein=affen", die „Hiesigen" oder „Domestic=Affen" zerfallen in a) Californische, b) Missouri= und c) Ohio=Affen. Es giebt weiße und rothe Gattungen unter ihnen. Sie zeichnen sich durch außerordentliche S t ä r k e aus und steigen, ihrer Billigkeit wegen, immer mehr in der Nachfrage und — zu Kopfe. Sie sind während des Tages äußerst zahm, geberden sich Nachts jedoch sehr lebendig und nehmen dann eine gewisse Aehnlichkeit mit den „*Aqua Vitae*-Affen" an. Auch unter den hiesigen giebt es sogenannte „Champagner= Affen". Die bekanntesten unter diesen sind die „Cook= oder Koch" und die „Werner=Affen". Sie werden, im Gegensatz zu ihren importirten „Shobby= vettern", „Shabby Gentile=Affen" genannt, und sind ungemein wohlfeil. Man kann schon einen „Pint=Affen" für 50 Cents erstehen. Sie sind größtentheils tückische und jammervolle Wesen, erregen deshalb, ganz voll ausgewachsen, den größten Jammer. Die dritte Klasse, die „Bier=Affen", zerfällt ebenfalls in zwei große Abtheilungen, in 1) die importirten und 2) die hiesigen Bier=Affen. Erstere zeichnen sich vor den Letzteren vor Allem dadurch aus, daß sie einen Nickel mehr kosten. Es sind prominente Affen, werden auch deshalb meistens nur von „Prominenten" gepflegt. Beide Gattungen zeichnen sich durch Gemüthlichkeit und, wenn sie massenhaft auftreten, durch einen zwar schwankenden, aber immer verhältnißmäßig sicheren Gang aus. Sie sind deshalb auch unter allen Affen die unschädlichsten, wenn sie auch oft sogenannte „Brummschädel" besitzen. Der gefährlichste unter ihnen ist der „Bierstataffe", nicht wegen seiner größeren Stärke, sondern Länge. Die bekanntesten, manchmal auch mit Recht verkannten importirten Bieraffen sind schwarz gefärbt und heißen Culmbacher= und Erlanger=Affen. Die hellen Bieraffen sind äußerst zahlreich; die zahlreichsten unter ihnen sind die böhmischen und stammen aus Pilsen. Amerikaner und Irländer nennen diese Affen merkwürdiger Weise „Dutch Monkeys", vielleicht deshalb, weil sie auch von einem Holländer importirt werden. Die „Domestic=Affen", welche denselben Zweck erfüllen und nur 5 Cents kosten, zerfallen in viele Gattungen. Viele von ihnen können in einer Beziehung auch importirt genannt werden, das sind die Bierathen=Affen. Die kleinste Sorte unter den Bieraffen, der Zwergaffe, ist der sogenannte „Schnittbieraffe". Es ist eine recht nette Sorte, aber nur für Brauerei=, Whiskey=, Wein=, Cigarren=Agenten einerseits und für Diejenigen, welche genug haben, andererseits — vor allen Dingen für Wirthe aus ökonomischen Gründen. Doch genug von allen diesen Affen. Ihre Anzahl und Mannigfaltigkeit in diesem Lande sind eine — Affenschande!

Was ist ein Wunder?

Ein Musiker, welcher „treatet".
　Eine Primadona, der nie Diamanten gestohlen worden sind.
　Eine Solo=Tänzerin, die nicht „fickt".
　Ein Schneider, der Baß singt.
　Ein Schuster, der Tenor singt.
　„Barkeeper", die nicht nur einen „Straight" verkaufen, sondern es auch sind.
　Ein Countyvater, der ein reines Gewissen hat.
　Ein Arzt, der weniger versteht, als sein College.
　Ein Fleischer, der nicht dick ist.
　Ein Weinhändler, der nicht auch etwas von Chemie versteht.

Ein Weinreisender, der nicht lügt.
Ein Cigarren=Reisender — dito.
Ein Koch, der nie Durst hat.
Eine Küche ohne „Cockroaches".
Ein Recensent, der ganz unbefangen ist.
Ein Abliger, der hier nicht Kellner wird.
Ein ehemaliger deutscher Offizier, der nicht in diesem Lande Reporter geworden ist.
Ein „Grüner", der nicht Alles besser weiß.
Ein St. Loniser, der nicht über Chicago schimpft.
Ein Milwaukee'r, der nicht Bier trinkt.
Eine intelligente Jury.
Ein gebildeter Germane, der nicht Skat spielt.
Ein gebildeter Semite, der nicht Poker spielt.
Ein Virtuose, welcher nicht „meschugge" ist.
Ein Reverend, der an alles Das glaubt, was er predigt.
Eine Wittwe, die nicht wieder heirathen möchte.
Ein Dirigent, der nicht flucht.
Ein prominenter Emporkömmling, der ohne Zeitungs=Reclame wohlthätig ist.
Ein Schauspieler, der nicht alle Recensionen, seine Leistungen betreffend, liest, und die schlechten gelesen zu haben ableugnet.
Eine Frau, welche nicht zu einem Kaffeeklatsch „belangt".

Schluß=Bitte.

Wenn ich 'mal einst gestorben bin
  Und liege still im Sarge,
Denkt Mancher wohl in seinem Sinn:
  „Nun ist er stumm, der Arge."

Doch auch so mancher Freund, der wird
Die kalte Hand mir drücken;
Er spricht: „Hat er auch oft geirrt,
Er war ohn' Falsch und Tücken."

Nicht an die Hasser wend' ich mich,
Die schmunzeln mit Behagen,
Sie sparen alle sicherlich
Fünf „Kosch're" für den Wagen.

An meine Freunde, die das Geld
Für mich einst übrig haben,
Wenn ich geschieden aus der Welt
So vieler prächt'ger Gaben —

An diese hab' ich eine Bitt',
Die mögen sie gewähren:
Zu meinem Sarg führ' sie ihr Schritt,
Das sei genug der Ehren.

Doch will ich nicht, daß er erspart,
Der Fünfer, ihnen bleibe,
Wer mir die Freundschaft treu bewahrt,
Der thu', was ich verschreibe:

O, laßt die dummen Wagen sein,
Fahrt nicht die lange Strecke!
Man trägt mich fort auch ganz allein,
Wenn ich im Sarg einst stecke.

'S Gesundheitsamt ist immer da,
Es sorgt dann auf das Beste,
Daß ich das Land Amerika
An keinem Ort verpeste.

Den Fünfer, den Ihr so gespart,
Verkneipt ihn an dem Tische,
Um welchen wir uns oft geschaart,
Wenn sie gedruckt die — „Wische".

Und trinkt das Wohl, bis Jeder „buhn",
Des todten alten Knaben;
Wollt etwas Uebriges Ihr thun,
Dann möget Ihr Euch laben

Am edlen Naß von Kulmbach's Flur,
Weil schwarz ist seine Farbe,
Die Trauerfarb'. Das trinket nur,
Wenn ewiglich ich darbe.

Und wenn der Trunk aus Kulmbach's Gau
Euch mundet, — macht auch Witze;
Erschallt dann gar ein kräftig „Au!",
Blickt Alle Ihr zum Sitze,

— Ich weiß es wohl — der jetzo leer,
Auf welchem ich gesessen,
Und Mancher spricht: „Er ist nicht mehr,
Doch ist er nicht vergessen!"

Dann fällt auf's Grab mir auch ein Naß
Vielleicht, Ihr wüsten Prasser,
Da wehrlos ich. Ihr wißt, ich's haß,
Und nie es trank — 's ist Wasser!

[Werbeanzeige: P. Schoenhofen Brewing Co. Chicago — Edelweiss Beer — Phone 9009]

WAHL & HENIUS,
Chemiker,

South Water und Lake Straße.

Mancher sehnt sich nach 'ner Anna,
Mancher nach 'ner Liese;
Doch bedarfst Du **Analyse**, Wahl
und H e n i u s kiese!

ARNOLD ** BROTHERS,
Westseite Fleisch-Handlung

145 und 147
West Randolph Straße.

Telephon 4287.

Sehnt sich Dein Herz nach Ochs, Kalb, Hammel,
Schwein,
So nenn' ich Dir der **Arnold** prächt'gen „Store",
Und willst Du dort behandelt herrlich sein,
Dann wende Dich an ihn, den **Theodor**!

TELEPHON 3509.

Maler
— und —
Decorateur,

339 N. Clark Straße.

Decoriren, Tapeziren, alle Arten Malerei, Kunstentwürfe, schön, für Kirchen, Zimmer, Logen, sonst'ge Hallen:
Rhode ist in Allem Meister, deshalb Deine Wahl er sei;
Was er zeichnet und dann ausführt, das wird Jedem stets gefallen.

MEYER & WEBER

Vertreter der berühmten

Stieff Pianos

178 Wabash Avenue.

Will man ein Piano, das in vollem Klang
Mit jedem Flügel in demselben Rang,
Dann S t i e f f man kaufe, und man niemals irrt sich;

Berühmt seit 1842.

PERSONAL
⊚ RIGHTS ⊚
ADVOCATE

No. 95 Fifth Avenue,

Zimmer 19 bis 23,

Charles Bary,

Chef=Redakteur.

Wird Dein p e r s ö n l i c h' R e c h t verletzt,
Wirst Du ohn' Schuld verfolgt, gehetzt,
Zu B a r y geh' nur mit Vertrauen,
Er reißt Dich los aus allen Klauen.

Oscar F. Mayer & Bro.,

PORK AND BEEF
MARKET,

285 und 287 Sedgwick Str.,

Gegenüber dem Criterion Theater.

Kennst wohl den Oscar, den stattlichen Mayer,
Beliebt an Sedgwick, auch sonst ungeheuer?
Kauf' dort all' Rindvieh, dann wirst Du keins sein,
Kauf dort all' Schweine, dann hast Du auch Schwein!

EDWARD KOCH,

✴ Bank- ✴
—und—
Commissions-Geschäft,

158 Dearborn Straße.

TELEPHON 2978.

Willst du die berühmte Lymphe, reis'
zum Andern, doch
Willst du gute Geldanlagen, geh' zu
diesem Koch!

H. Schlotthauer & Son,

Schnittwaaren

328 und 330

• Sedgwick Straße, •

Ecke Sigel.

Von Schlotthauer
Das weiß jedes Kind,
Stets von Dauer
Alle Waaren sind!

H. CLAUSSENIUS & CO.

80—82 Fifth Avenue,

General-Agentur
Norddeutscher Lloyd.

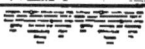

Sehnst Du Dich nach Schiffen,
Reichen und bequemen,
Alles einbegriffen
Find'st Du **via Bremen**!

C. A. GEROLD,

Verfertiger von vorzüglichen

Klavieren

63 und 65 N. Clark Str.

Was nützt mir ein Mantel,
Ist er nicht gerollt?
Was nützt mir ein Piano,
Ist's nicht Gerold hold?

M. GOTTFRIED,	FERD. GUNDRUM,	JOHN WEISS,
Präfident.	Vice-Präfident.	Secretär u. Schatzm.
	CARL M. GOTTFRIED,	
	Superintendent.	

GOTTFRIED

Geschäfts-Local:
85 Alexander Str.

Ecke Archer und Stewart Avenues.

Vorzügliches Flaschenbier!

Geschäftslocal:
71 Alexander Str.

Wo man kriegt ein gutes Bier? 'S ist wahrlich kein „Conundrum";
Es liefern's Gottfried, Vater, Sohn, zugleich mit Weiß und Gundrum.

Pabst Brewing Co.

Früher **PH. BEST BREWING CO.**,

Hauptgeschäft in Chicago: Ecke Indiana und Desplaines Str.

Telephon 4383.

 **HERMANN PABST,**
Leiter.

„Hofbräu", „Bavarian" und „Export", „Bohemian" u. „Select"
Da es von einem Pabst ja kommt, unfehlbar gut stets schmeckt.

Conrad Seipp Brewing Co.,

Fuss der 27sten Strasse.

„Heil Columbia", und mit Wonne rufen alle wir;
Doch in diesem Falle gilt es nicht dem Lied, **Seipp's Bier!**
So **Salvator,** wie das **Pils'ner, Extra Pale** in Flaschen
Und auch **Kaiser,** gleich dem Wilhelm, wird Euch überraschen!

FALK, JUNG & BORCHERT
Brewing Co.,
MILWAUKEE, - WISCONSIN.

Chicago Zweig-Office:
91-93 N. Union Strasse

Lechzt je Dein Herz nach Schwung,
Trink' **Borchert, Falk** und **Jung!**

CARL KLEIN

Zahnarzt

No. 398 Wells Straße,

Ecke Division Straße.

Spürst Du Pochen, Stechen, Reißen
In den Gliedern, die da beißen,
Eil', zu stillen Deine Pein,
Hin sofort zu Dr. Klein;
Jeder Schmerz wird überflüssig,
Wirst bald wieder heil und bissig!

CHAS. ROELL,

Schnitt- und Strumpf-Waaren,

651 Sedgwick Straße,

Ecke Lincoln Ave.

Will Dir helfen auf die Strümpfe,
Brauchst Du welche, komm' nur mit!
Willst Du Kleider, lauter Trümpfe
Sollst Du finden, machst 'nen Schnitt!
Und das Alles äußerst "well"
Bei'm beliebten Charlie Roell!

Coerper & Nockin,

Brauer,

TELEPHON 3496.   **101—109 Webster Avenue.**

Willst Du Deinen Körper pflegen
Mit 'nem Biere to *knock in*,
Mög' nach Cörper, Nockin regen
Wohlbedacht sich stets Dein Sinn.

„Erlanger" und „Extra"
in Faß und Flaschen.

Adolf Steidle,

Decorations-Maler,

106 O. Randolph Straße.

Lebende Bilder und Pantomimen,
Allerlei Gruppen und Maskenfeste,
Decorationen, die Jedem ziemen,
Ihr fragt, wer sie wohl liefert auf's Beste?
So hört denn all' Ihr Büble und Maible:
Es ischt ka An'rer, als Adolf Steidle!

Anheuser-Busch Brewing Ass'n.

FRITZ ⊙ SONTAG,

Vertreter für Chicago,

1—7 West Lake Straße.

Telephon 2552.

Daß man der Firma noch Lob hinzu-
fügt?
Wahrlich, 's wär' Luxus — der Name
genügt!

WM. H. JUNG,

106 Randolph Straße.

Nicht ekelhafte Laffen
An Wilhelm's Tischen nisten;
Es weilen dort Schlaraffen
Und Künstler, Journalisten.
Kurz Alles, das begehrt gut' Atzung, guten Trunk,
Mit geistreichem Compott, Das strömt zu Wilhelm Jung!

The McAVOY BREWING Co.

2349 South Park Avenue,

Pilsener und Sonstige Reine Malzbiere.

Vorzügliches Flaschenbier:
„Auslese" und „Club-Bier"

Will you remain a strong and healthy boy
Drink hearty, drink the Beer of McAVOY!

Rochester Halle,

220—224 West 12te Straße,

ELISE HEPP,
Eigenthümerin.

Willst Du köstlich Dich erfrischen
Und in frohe Kreise mischen,
Nun dann wand're step by step
Hin zu Frau Elise Hepp!

S. FREUDENBERG'S

„Belvedere"

Unter dem Sherman House.

Hast Du vollbracht Dein Tagewerk,
Dann geh' in's „Belvedere",
Gemüthlich dort bei Freudenberg
Gar manchen Schoppen leere!

American Brewing Co.

922
Nord Ashland Avenue

GEO. A. WEISS,
Präsident und Leiter.

Minnehaha, Columbia und **A. B. C.**,
Sie sind drei vortreffliche Sorten,
'Drum Wanderer stets in Lokale geh',

Wo „**American**" prangt an den Pforten.
Ein Jeder **weiß**, daß **Weiß**, bedacht
Und **weis'**, uns niemals **weiß** was macht!

F. J. DEWES Brewery Co.

Office:
764 West Chicago Avenue.

TELEPHON 7150.

Die „München'er" wahrlich sind
berühmt,
Dem „München'er" wohl dasselbe
ziemt!

AUGUST KEIL,
Kabel-Station,

Ecke Lincoln und Sheffield Ave.

Elegantes Erfrischungs- und Billard-Local.

Plagt Dich je die Langeweil,
Ist sie trocken, Deine Kehle,
Nun dann labe Leib und Seele,
Gehe hin zu August Keil!

Old ∴ Quincy ∴ No. ∴ 9,

CHAS. W. DEUBLER,   F. EMIL GASCH,

Eigenthümer,

N.W. Ecke LaSalle u. Randolph Str.

Kennst Du nicht Deubler und den Gasch?
Dann lern' sie kennen, aber rasch!
Denn in „Old Quincy No. 9",
Das jetzt in jenen Händen,
Da ist's wahrhaftig köstlich sein,
Dorthin sollst Du Dich wenden!

„Dearborn Exchange"
ROLLE & OPITZ,
Eigenthümer,

No. 38 Dearborn Straße,

Gegenüber dem „Tremont House".

Spürst Du Durst, dann Achtung zolle
Charlie Opitz und Gus. Rolle.
Bist Du Turner, dann zu darben
Brauchst nicht Dein Gemüth; zwei Farben
Dort vertreten sind nach Wahl:
„Vorwärts" und der „National"!

THE
Herman Berghoff
Brewing Co.

(FORT WAYNE, IND.)

359 Süd Canal Straße,

Vier Häuser nördlich von Polk,

WM. H. WIESE,

Vertreter in Chicago.

Trinkst Du auch viel vom Burghoff'schen „Sal=
vator",
Fühlst Du Dich wohl, denn nie kriegst Du 'nen
„Kator",
Und „Dortmunder"? (Es ist ein prächt'ges
Bier;
Wo Du 's auch trinkst, dort „Munder" wird
es Dir.

37 bis 49 Sheffield Avenue,

Nahe North Avenue.

Noch braut er nicht, doch wird er bald wohl brauen!
Er zeigt es schon jetzt an, hier könnt Ihr 's schauen:
Erscheint sein Bier, Ihr seid aus Rand und Band!
Das wird ein Stoff! Na—'s liegt ja auf der H a n d!

Fischer & Hagedorn,

The "Puck",

Elegantes Restaurant
und Erfrischungslocal,

**Nord=Ost Ecke
Dearborn und Randolph Str.**

Gar oft der Zeiten ich gedenk',
Als ich im „**Puck**" oft unter Schenck
Geweilt. Der **Schenck** ist leider todt,
Längst folgt' er der Natur Gebot.
Doch oft zum „**Puck**" muß ich noch zieh'n,
Dort ruf' ich: **Schenck!** — und denk' an ihn.

Jos. P. Hofmann,

Vertreter der

North-Western Mutual
Life Insurance Co.

in Milwaukee,

No. 187 La Salle Straße.

45,000,000 Betriebskapital.

Hast Du ein Weib, so folge **Hofmann's**
Spuren!
Thust Du es nicht und läßt Dich nicht „injuren",
Wahrhaftig, dann getrost man darf Dich lästern.
D'rum eile hin zu ihr, zu der „**Northwestern**".

Was erscheint, you all remember,
Bald nach Anfang von Sep=
tember,

Jeden Donnerstag und stramm?

Seebaum's, Laketree's, ist's
„Tamtam"!

'S wird erscheinen mit Eclat.

Lauert nur, er lauert „ka"!

Preis $2.50 das Jahr. Collectionen erst 6 Mo=
nate nach dem Bestehen. Bestellungen vorläufig nach 435 Racine Avenue zu senden.

Leon Deutsch,

Geschäftlicher Vertreter dieses Buches für Chicago

und des

„Tamtam"

Bestellungen für das Buch sowie An=
fragen wegen Anzeigen für das „Tam=
tam" sind an

LEON DEUTSCH,
106 Randolph Str.,
zu richten.

J. A. Seebaum,

Lehrer des Klavierspiels,

435 Racine Avenue.

✳ ✳

Kein Schablonen=Unterricht.

Lehrplan dem Wesen des Schülers angepaßt.

Unterricht ausschließlich begabten und strebsamen Schülern ertheilt.

UNITED ⊙ STATES BREWING CO.

Brauereien:

Michael Brand,
Elston Ave. und Snow Str.,

Bartholomae & Leicht,
684—710 Sedgwick Str.

Ernst Brothers,
47—67 Larrabee Straße.

'S ist gut, wenn Du, ich mein's im **Ernst,**
Die eine Regel fleißig lernst:
(Es ist wahrhaftig keine Schand',
Kriegst ab und zu Du einen **Brand,**
Doch hast Du dieses Ziel erreicht,
Dann trage Deinen Afsen **leicht!**

KOELLING ⊙ AND KLAPPENBACH,
48 Dearborn Str.,

Buch- und
Schreibmaterialien-
Händler.

Kann es etwas Schön'res geben,
Als daheim 'ne Bibliothek?
Doch will man nach solcher streben—
Poker, Skat sind nicht der Weg.

The John Wilkinson Co.

269 und 271 Süd State Straße.

Alleinige Importeure von

Rover-Zweirädern

Händler mit allen Arten von

Athlet-, Turn- u. Angel-Apparaten,

Ballspielen,

kurz, von allerlei Sportwaaren.

Ed. Thielepape & Co.

Grundeigenthums-Geschäft

und

Feuer-Versicherung,

78 Dearborn Straße,
Zimmer 13 und 14.

Willst Du Deine „lot" verbessern,
„Lotten" kauf' von Thielepape;
Schenkst Du Edward Dein Vertrauen,
Dann erfährst Du nie 'ne Schlappe.

OSCAR GUENTZEL,

„BEE HIVE"

Erfrischungs-Local,

und

Billard-Halle,

191 und 193 S. Clark Str.

„Bee-Hive" gut Deutsch heißt Bienen-Stock,
Doch Guentzel's „Stock", den zieh' ich vor;
Ob Wein vom Rhein, ob Lager, Bock—
Es mundet stets und schmeckt nach „more".

JULIUS ∴ BAUER & C°.

156--158 Wabash Avenue.

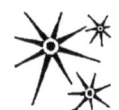

Fabrik:
87 bis 95 Ost Indiana Straße.

Willst Du Dir ein Piano kaufen
Von schönem Ton und langer Dauer,
Brauchst nicht lang' umherzulaufen:
Geh' Du nur hin und kaufe Bauer!

"THE FECKER BREWING CO."

871 bis 897 Dudley Straße,
  Ecke Bloomingdale Road.

Unter Brauereien neu
Ist sie zwar, doch stolz!
„Chicago"=, „Garden City Bräu"
Verursacht dies, und soll 's!
Denn wahrhaftig: herrlich lecker
Ist und schmeckt das Bier von Fecker!

EDW. BEEH, JR.,

Druckarbeiten aller Art.

59 CLYBOURN AVENUE.

Willst Du Etwas drucken lassen,
Leid' nicht unter Druck der Wahl:
Laß' den **Beeh** sich 'mit befassen,
Dann entgehst Du jeder Qual.
Daß er groß in seinem Fach,
Zeigt des Laketree's Almanach.

Restauration u. Familien=Resort,

im Inter=Ocean=Gebäude,

Nordwest=Ecke Madison u.
Dearborn Straße.

C. C. Wm. MEYER

Eigenthümer.

Raths=Keller!

(Ein Lokal hochelegant,
Früh'r als Hansen's lang bekannt,
Weit und breit umher man reisen
Kann, und nirgends besser speisen,
Besser rauchen, besser trinken
Wird man, muß 'nem Jeden dünken;
D'rum auch Jeder: Preuße, Baier,
Schwabe, Hesse seine Leier
Läßt ertönen und mit Feuer
Singt das Lob von **Wilhelm Meyer!**

„ISARIA"

(Europäisches Hotel.)

Mittelalterliche Trinkstube * *
* * „Zum Münchener Kind'l",

Simon J. Brandl,

Eigenthümer.

Das Hotel wird auf ächt deutsche Art geführt.

Willst Du herrlich trinken, essen,
Treu nach deutschem Lebenswand'l,
Darfst Du nie 's Lokal vergessen=:
Münch'ner Kind'l heißt 's von Brandl.

SEEBAUM'S Local=Almamach

für 1892 (Fünfter Jahrgang) wird im October
1891 erscheinen.   Nur Original=Beiträge.

Bestellungen auf neue Anzeigen wolle man gefälligst an

J. A. Seebaum, 435 Racine Avenue, richten.